薄《はく》春《しゅん》の記《き》

もくじ

闖入者

一

　県庁が所在する地方中核都市A市は、駅前から真っすぐに繁華街が延びている。その繁華街を若い世代の女性たちが、勤めを終えて、三々五々駅に向かって楽し気に語らいながら家路についていた。重い防寒着から解放される春は弥生、どの女性たちも足がすんなりと伸びて、明るい色彩の衣装が、黄昏時の商店街のネオンに染まって、一層華やかに感じられた。

　そうした女性たちの流れに逆らうように、五十路と思われる一人の男が所在なさそうに駅の方から歩いて来る。

　日焼けした顔はいかにも精悍ではあるが、髪の毛は油気がなくボサボサで、頬や下あごのヒゲはここ二・三日は剃った形跡がない。そして眼だけが鋭く射るように光って見えた。薄い作業着の上に羽織っているジャンパーのチャックは壊れているのか、歩く度にカパカパと割れるように開いた。正に経済的困窮と不健康さを同時に、しかも露骨にさらしている感じである。

行き交う女性たちの殆んどは、その男を無視したが、たまに目に映った者は、稲妻のような視線を走らせ、一瞬の内にその男の品定めを済ませて目を伏せた。

またある者はあたかも汚物にでも触った手を引っ込めるように、慌てて視線をそらした。

が男はそんなことには全く無頓着に、辺りに目を配りながら、しかし何の目的もなさそうに、ゆっくりと歩いた。

見る人によってはそれが孤高の士、と取れないこともなかったが、どちらかといえば、人生の敗残者のそれに近かった。

男は繁華街から少し外れた一軒の材木屋の事務所の前まで来ると、ゆっくりと歩みを止めて、看板や、すでに燈のついた事務所の中を窓越しに覗き込んだ。

事務室は最近新築されたものらしく、事務机や調度品もそれなりに整えられていた。そして事務所の窓ガラスには、

《健康な男子の従業員求む、待遇優遇す》

と大書した貼り紙がしてあり、好景気による人手不足を訴えていた。

男はしばらくその貼り紙にじっと見入っていたが、ゆっくり後ずさりすると、改めて事務所全体を眺め回

していたが、ややしてハッと何かを決意したように急いで歩みより、事務室の扉を力強く押し開いて中に入った。

この材木店は建築用木材を販売業としているのに「豆屋」という屋号で呼ばれていた。それは初代が店を始めた当初、煎豆を袋詰めにして商っていたのが当たり、徐々に財をなしたのだった。

そして戦後、建築用材木店に商売替えをしたが「豆屋」という屋号が縁起が良いということで、そのまま商標として使っていた。

昭和三十年代の鍋底不況といわれたころ、せっかく軌道に乗りかけた店も、極度の資金不足から、一時倒産も噂されたが、家族の者の手だけで、どうにか持ちこたえることができた。

その後経済も上昇の一途をたどり、殊に東京オリンピック後の昭和四十年代から徐々に調子に乗り、空前ともいえる建築熱で、建築用木材等、建築資材が不足するという混乱状態に陥った時、仕入れた木材がたちまち何倍もの値段で、飛ぶように売れたということもあり、瞬く間に巨万ともいえる富を築いたのだった。

十年程前から稼業は二代目社長、蔵守賢《くらもりけん》が家督を承け継いだが、これまた先代と共に創業当時から苦労しているだけあって、先代にも劣らない手腕の持ち主で、商いに関しても卓越した能力を発揮した。

現在では業界で組織する協同組合の理事長の要職にあり、地元の商工会議所の役員や、地元選出の国会議員の後援会役員なども兼ねて、経済人として、屈指に数えられ、かなりの発言力と、隠然たる影響力を持つ程にのし上がっていた。

二代目豆屋商会社長、蔵守賢は現在五十二歳で、社長としての風格も備わり、事業以外には何の興味も示さず、その業界内に盤石な基盤を築き、寸分の揺るぎも示さなかった。

蔵守は五人いる事務員を全部帰らせた後、正面の社長の椅子にのけ反るようにゆったりと腰を下ろし、タバコを吸いながら、近くA市進出に乗り出した大手建設会社「一ノ瀬」に取り付く術や伝手について色々考えていた。そして願わくば資材の一部でも納めることができればと願った。

というのも今まで取引をしていた大口先が一社、ある事情から他社に鞍替えされ、このままでは売上げが落ち込むのはやむを得ないとしても、大きな在庫を抱え込まなければならず、資金操りにもかなり苦しくなるという事情があった。

蔵守はこうした状況の下に、危機意識を抱き、なんとしても、「株式会社一ノ瀬建設」との取引に期待を寄せていた。

そしてもしも取引開始ができれば、そうした問題は一挙に解決するばかりか、自分の会社にも箔が付くと計算していた。

ビル建設から、一般木造建築物までの幅広い事業を営む業界大手の一画を担う「一ノ瀬」にはそれだけ、内容の備わった魅力ある立派な会社だったからである。

不健康と極度の生活不安を兼ね備えた感じの男が、表の扉を押し開いて入って来たのはその時だった。

男は野趣な風貌にも拘わらず、満面に微笑を湛えて、しかし反面隙のない目付きで室内を一瞥して、つかつかと蔵守の前に進み出た。

二代目社長蔵守は、その突然の闖入者が誰だか分からず、奇怪な怪獣でも見るように、大きな目を一層ぎょろつかせ、怪訝な面持ちで眺めていたが、ややして、

「ウォッー」

という、唸りに近い声を発して、吸いかけのタバコを揉み消しながら、素早く立ち上がり、

「成田！　……成田じゃないか」と言った。

奇麗に整理され十坪余りの事務室の壁には、豪奢な油絵が掛けられ、その下には通常は引き戸で隠されて、あまり目立たないようにしてはあるが、等身大もありそうな金庫がどっしりと、空間の一部を占拠していた。

そして社長の机の横壁に掛けられた黒板には、その月の行事や納品予定日がぎっしりと書き込まれ、社長自身の多忙さや、事業の活況の状態が一目で読みとれた。

成田と呼ばれた男は蔵守の高校時代の同窓生で、三年間同じ教室で学んだ仲だった。

蔵守はその男が同窓生の成田であることを確認すると、再びその男の頭の上からゆっくりと下の方へ視線を移した。そしてその視線の行き着く先には、土くれのこびりついたままの、汚れた作業用安全靴があった。

一方、成田が高校卒業した当時、鍋底不況といわれる程の極度の不況の折りで、これといったしっかりした就職口もなく、臨時である家庭用電化製品の問屋で、店員として働いていた。

そのため二人は仕事中、市内の色々な場所で偶然出会うことも少なくなかった。二人は会う度毎にどちらからともなく、

「何かうまい話しはないか」

と言うのが彼らの口癖だった、がこれには別段深い意味はなく、いわば彼らが会った時の挨拶のようなものだった。

二人はお互い街角に立ったまま、あるいは喫茶店でコーヒーを啜りながら、これからの夢や希望を語りあい、一時を過ごしては別れるといった具合で、求めず、与えず、殊更それ以上接近することもなく、何年かが過ぎていた。

ところがいつの頃からか定かではないが、成田の姿はこの街から見られなくなっていた。

蔵守がそれに気付いたのは、彼がこの街からいなくなって一年あまりも過ぎた頃だった。それは成田がある質の良くない女性に係わりを持ち、お金に困って、働いていた電器店の商品を、倉庫から無断で持ち出し、横流しをしてお金に替えていたのが、店主に発覚してこの店にはもちろん、この街にも居づらくなり、行方をくらましたという噂を耳にした時だった。

蔵守はその時、友人に対して、

「成田に限ってそんなことは絶対にあり得ないはずだ」と懸命に弁護した。そして、

「もしも、仮にそんなことになっているんだったら、何故もっと早く俺に相談してくれなかったのか、そうすればまた別な道も開けたはずなのに、成田って奴は水臭い奴だ」

と彼の行動を非難しながらも、一方では同情し、その出奔したことを嘆いていたということである。

しかしそれも時の流れと共に、そんな同窓生がいたことも、蔵守の意識の中には存在しなくなっていた。

が今こうして突然、成田の姿を目の当たりにした時、蔵守の脳裏には三十数年前の成田の、その後耳にした彼の噂が重なり、古い映画のフイルムでも見るように、鮮明に思い起こさせたのである。

そしてその頃耳にした噂が、やはり事実であったことが裏付けされた思いで、蔵守は突然闖入して来た成田の姿を凝視したのである。

しかし成田は、そんな忌まわしい過去のことなどは、一切忘れたかのように、にこやかに笑いながら、

「何年振りかなぁ」と言った。

蔵守にはその声が耳に入らないのか、幾分放心した様子だったが、やや落ち着きを取り戻したらしく、一度揉み消したタバコを、もう一度口にくわえ、片方の手でマッチをまさぐりながらほとんど無感動に、

「何年振りかなぁ」と言って息を大きく吸い込んだ。

「俺がこの街を逐電したのが二十一歳の誕生日を迎えた日だったから、もう三十数年にはなるなぁ」

と言いながら成田は大きく首を回し、室内を見回したが、その目は油絵の下に据えられた等身大の金庫に向けられて、ゆっくりと静止した。

「で、その間、何してたんだ」

「うぅん、各地をうろついてたよ、主に飯場だ。建築現場が移る度に、それに連れられてな、全くの根無し草だ、流浪の旅と言った方が詩的で美しいから、人に聞かれたら俺はそう言うことに決めているがネ」

とやや自嘲を含んだともとれる笑みを浮かべた。

蔵守はそれには応えず、虚空に視線を据えたままじっとしていた。一方、成田は再び何か勢いを得たように、

「でもお前の所は随分と景気がいいみたいだな、俺もここまで来て見て安心したよ」

「バカ言うな、見た程でもないよ、ただどうにか、かつがつやってるだけだ。現実はそんなに甘くないよ」

「そんなこともあるまい、謙遜するな」

「あるようで無いのが金、無いようであるのが借金て奴だ」

「借金はどこも抱えているよ」

「いやぁ、俺のところはまさに火の車だ、この頃は銀行も俺を見捨てたようだ」

二代目社長蔵守賢は冗談とも本気ともつかない顔して笑った。

居宅と事務所を仕切った扉が開いて、素早く蔵守の妻栄子がお茶を手にして現れた。

成田は事務用の椅子に崩れるように、だらしなく腰掛けていたが、夫人の姿を見るや否や素早く立ち上がり、

「いやぁ、初めてお目にかかります、成田と申します、ご主人とは以前親しくさせて頂いておりました。今日は突然お邪魔致しまして申し訳ありません」

と今までの態度とは、かなり違った落ち着いた几帳面さで、恭しく挨拶した。そしてその世慣れした姿勢は、容姿に似合わず、かなり洗練されたもののようにも見受けられた。

「俺の高校時代の同窓生だ」

「まぁ、それはようこそ、蔵守の家内でございます。主人がお世話になります」

蔵守の妻栄子は、さる名のある名家の末裔といわれる家柄の出とかで、その聡明さ、怜悧さがこの二代目蔵守の、大きな支えであり、後ろ楯でもあった。

そして蔵守が幾多の紆余曲折を交えながらも、今日こうして安泰でいられるのも、陰に日向に彼女の内助の功があったからだというのが、世間での一般的な評価だった。

それだけに栄子は大変教育熱心な女性で、三人いる男の子の、長男には医学の道を、次男には官僚の道へ

と進ませるのが夢で、それに要する費用は一切惜しまないというものだった。が商人のカミさんらしく、いかにも如才ない慇懃さが板についた物腰である。

「いやぁ、卒業後も親しくお付き合いさせて頂いておりましたが、ある事情がありまして、ここからしばらく逐電いたしておりましたが、この度また縁がありまして、舞い戻った次第で、今後とも何かとお世話になると思います。何分にもよろしくお願い致します」と言った。

成田はそう言った後、急に思い出したように、胸のポケットに手を差し込み、ピースの箱を取り出し、片方の手でマッチを握った。けれど箱には既に中味はなくなっていた。

成田はその箱を握り潰しながら立ち上がり、社長の机の上に置いてあった接待用のタバコに目を走らせるが早いか、蔵守に向けて、手刀でも切るような素振りをして、二本抜き取ると、一本を口にくわえ、残るもう一本は机の端に確保した。そしておもむろに火をつけて大きく息を吸い込むと、再びもとの椅子に腰を下ろした。

「噂には耳にしとったが、お前んとこの奥さん、なかなかの美人で、立派な方だなぁ、お前にはもったいないよ」と夫人の面前で臆面もなくお世辞を言った。

「バカ言うな、そんなことがあるか」

「お世辞じゃぁない、噂通りだ」

「そんなこと言う奴は、所詮俺に金でも借りようとたくらむ輩のお世辞に決まっとる」

蔵守はやや上気した顔を紅潮させて笑った。

「そうか、お前んとこにも借金申し込みに来る奴がいるんか」

「いるいる、つい先日もな、お前も知っているだろう、刈田、あいつが来たよ」

「同窓の刈田がか」

「最近余り姿を見せなかったが、つい先日だ、手形の決済資金が少し足りないから、ほんの半月だけ、すぐ返すからと言ってな」

「それで貸したのか」

「貸すような余裕なんかありゃぁせんワイ、俺の方が借りたいくらいだと断ったよ」

実際こうした事業をしていて、少し繰合いが良いと見ると、知人や友人、または遠縁に当たる者が、つい一ケ月でいいとか、少しばかりでいいからと言って、融資の相談に来ることも少なくなかった。そしてそれらが一様に、相手をいい気分にさせるお世辞と、程良い哀れさと、程良い執拗さを以て迫って来るのが通例だった。

蔵守の妻栄子は二人の対話を横で静かに聞きながら、にこやかにしていたが、何を思ったのか、急に厳しい表情が眉に走ったかと思うと、急いで居宅の方へ去った。

「同窓の刈田がね、金を借りにねぇ」

「久し振りに会って喜んでいると、なんのことはない、借金の申し込みだ。実に不愉快だよ。たまにはいい話し持って来る奴がいたっていいのによ。そんな奴ばっかりしか俺のところには来ん」

「その点、俺なんか気楽なもんだよ、貸す金もないが、それを知ってか借りに来る奴もおらんからなぁ、アッハッハッハッ……」

「そしたら今度は、雇ってくれろと言うんだよ」

「雇ったのか」

「雇うもんか、奴なんか雇ってみろ、こっちの方がオチオチ仕事も手につかんワイ」

蔵守は口をへの字にして言った。成田はその話には殆ど興味がなさそうに聞き流していたが、ややして、

「甲山は元気でやっとるねぇ、奴は借金なんか申し込まんだろう」と言った。

甲山というのもやはり同窓生で、市役所に勤務していた。現在は産業経済推進局の局長という要職にあり、殊に誘致企業の仕事に力を入れている男だった。そして蔵守とは親しく、蔵守が情報源の一つにしている男だった。

「当たり前だ、奴だけだよ、俺のところに来る奴でまともな奴は」

「それ聞いて安心したよ、俺も奴を頼りにしているからね」

蔵守は怪訝な顔をしていたが、

「それでお前、いつか甲山に会ったのか」

「うん、五・六日前だ、ちょっと頼みごともあってな」

「頼みごと？」

「その時、お前の話しが出てなぁ」

「俺のことがか……何か言ってたか」

「うん、お前がこの街の金を全部、集めてしまうんではないかとね、それで金のことなら、お前んとこに行くのが一番だ、なんて言ってたよ……アッハッハッハハハ」

成田は冗談をさも冗談らしく磊落に笑いながら言った。そしてたいていの場合、そうした探りを入れて、相手の反応を確かめた上で、本番の金策に入るのが、また一つの方法でもあった。

「冗談言うな……」

「いやいや、甲山が言ってたというのは全部冗談だが、その内、場合によっては金策の面でも、お前に色々と迷惑をかけることになるかもね……、時にゴウリーさんどうしてるか知ってるか」

ゴウリーとは当時の担任で、風貌がゴリラに似ているところから皆はそう呼んでいた。

風貌に似合わず大変な人情家で、「隣人を愛し、友達を信頼し、喜びも苦しみも共に分かち合うのが友達というものだ」などと諭していた。そして面倒見も良いところから、生徒たちにも人気があった。

社長の後ろの壁に掛けられた〔信頼・薄利・友愛〕と大書された額縁も、そうした教えが、蔵守の心の隅に刻み込まれている所以なのかもしれない。

「もう学校辞めてるぞ」

「そうだな、あれから三十五・六年は経っているんだからね、随分年取っただろうな」

「お前、同窓会に出て来んから分からんだろう」

「分からん、全く交流を断ってしまっていたからな、でもゴウリーさんのことは今でもよく思い出すよ、一度会ってみたいよ」

「時には同窓会にも顔出すもんだ」

「うん、でも流浪の旅生活ではなぁ、連絡もつかんだろうからなぁ……、ところでキバはどうしてるか消息分かるか」

キバというのは、これも同窓生の一人で、すぐ牙を剥き出すように喧嘩吹っかけるから、自然みんなはそんなあだ名で呼んでいた。

「あいつも色々事業を手掛けたが、いずれも失敗ばかりして、今は行方不明だ。俺も引っ掛かったよ」

こうして旧友が久し振りに会うと、決まって出るのが、他の同窓生たちの消息や、その後の状況である。

成田はこうしてそれら同窓生の内、事業に失敗して自らの命を断った者の話しや、暴力事件を起こして、警察沙汰になった同窓生の話しなどを耳にした。

堅実に暮らしている者がいる反面では、人に迷惑ばかりをかけている者があり、それらは高校時代の成績や性格から、殆んどが高校時代の延長線上を見ているようなものだった。たまには意外性にとんだ人物も稀にはあるが、大抵の場合は予想を越えない者ばかりだった。

蔵守は終始、浮かぬ顔付きで、そうした旧友達の話しをしていたが、急に声を落として、

「皆それぞれ自分の意志で、自分の道を一生懸命に歩いているんだよ、人様に頼ろうなんて、甘い考えを持ってはいかん」とやや厳しい口調で付け加えた。

成田はそうした蔵守の話しを、どう受け止めているのか、あらぬ方向に目を向けたままタバコの煙をくゆらし、しばしの感慨にふけっていた。

やがて蔵守は急に言葉をイライラした口調にかえて、

「で、今日は俺に何か用か」としばしの沈黙を破って切り出した。

しかし成田はなおも穏やかな口調で、

「いやぁ、そうだなぁ……実は、今すぐどうのこうのというわけでもないが、俺もここに来るまで、それなりに考えていたんだが、やはり旧友のよしみというものだ、お前にも力を貸してもらうことになるかもしれ

ん」

成田はどんな風に切り出すべきか、しばらく逡巡しているようであったが、半ばはにかんだように体を前の方に乗り出した時だった。

「あなた、玄関の方にお客様がお待ちになっております、すぐお出になって下さいませんか」

居間の方に引き上げていたはずの、栄子夫人がにわかに姿を現し、澄んだ通りの良い声で二人の対話を中断した。

蔵守はまさに豆鉄砲をくらった鳩のように、一瞬キョトンとした表情をしていたが、やがてその意が呑み込めたらしく、次の瞬間、何かを決意したように、

「オォ、そうだった、約束をすっかり忘れてた」

成田がそこにいることなど、一瞬のうちに忘れたかのように奥の方へ引き上げた。

主のいなくなった事務室に、一人残された成田は何を思ったのか、居宅の方を控え目に伺いながら、ゆっくり立ち上がり、事務室の隅に整理された木材の見本と、金庫の厚い壁とを交互に見比べた。

どのくらいの時の経過があったであろうか、程なく人の気配に成田が入り口の方へ視線を向けると、そこに扉から顔だけ出した夫人の姿があった。

成田は何か悪いことをした時の、子どもの狼狽にも似た表情を隠すように、ゆっくり夫人の方へ歩み寄っ

た。そしてその場を取り繕うべく、声を掛けようとしたが、夫人はそれを制するような表情で、

「主人は今、ちょっとお客様がお見えになっておりますので」と付け加えた。

「お忙しくて何よりですね、人が寄り付かなくては商売は繁盛しませんからねぇ」

成田はさっきの椅子へゆっくり戻ると、もうすでに冷たくなった残りのお茶を一気に飲み干した。

そして再び机の上のタバコを無造作に抜き取り、火を付けるとおおぎょうに吸い込み、天井の一点を凝視した。

成田はタバコを口に、片や膝を忙しく貧乏揺すりしながら、蔵守が客との用件を済ませて、再び現れるのを待った。

それからいか程の時の経過があったであろうか、再び入り口の方で人の気配がしたので、その方へ視線を移したが、今度も期待した蔵守の姿ではなく夫人の方だった。

手持ち無沙汰に、だらしなく椅子にもたれかかっていた成田は、おもむろに立ち上がると、

「奥さん、相すみませんがお茶、もう一杯頂けませんか」と言った。

夫人はその声がよく聞き取れなかったのか、あるいは無視しようとしたのかは定かではないが、しばし間をおいて、

「お茶をですか……」

それはやや尻上がりで、明らかに不機嫌さを押し殺したような声だった。

「はぁ、すみません、暖房がよく効いている関係か、やたら喉が渇くものですから」

やがて運ばれて来たお茶を、成田は両手で慇懃に受け取り口に運んだ。お茶は生ぬるく、明らかに出がらしと分かった。

夫人は成田がお茶を飲み終わるのを待って、その場で湯飲みを受け取ると、

「主人はお客様ですので……」と再び念を押すように言った。

「いえ別に構いませんよ、どうせ今夜は時間に制限のある身ではありませんから」

「でも今夜は、この後、出掛ける予定もありまして」

そう言うと夫人は下履きを足の先につっかけたまま、つかつかと暖房機の前に歩み寄った。そしてそれまで盛んに燃えしきっていたガス・ストーブの火を手荒く落とし、机上の湯飲みをもお盆に集めて、ゆっくりと事務室を見渡した後、居宅の方へ引き上げた。

そして次の瞬間、パチリという音と共に、それまで明々と灯されていた事務室の灯は、一部を残して消された。

室内は一瞬にして薄暗くなったが、社長の机を背にした壁に〔信頼、薄利、友愛〕と大書された額縁の六つの文字だけが、常夜灯の明かりの中に、異常なまでに鮮明に映し出された。

二

「ハイ、豆屋商会でございます」

成田が事務室を出た後、夫人が戸締まりをしているところへ、慌ただしく電話のベルが鳴った。

「奥さんですね、甲山です、ご無沙汰致しております」

「アラッ、甲山さん、お久しぶりですねぇ、お元気ですか」

「元気は元気ですが、相変わらずの貧乏暇なしってところです」

「何よりですわ、お忙しいのは……主人ですね、すぐお呼び致します」

「いえ、支店長さんが、今そちらにいると思うんですが」

「支店長さんですか……、いえ、今ウチにはそんな方はどなたも……」

「そうですか、社の方に電話したら、もう随分前にお宅の方に行ったということだったものですから」

「支店長さんなんて、そんな方は、ウチには……」

夫人はそう言いながら、怜悧な頭で考えていたが、心当たりがなかった。

「一ノ瀬建設の支店長さんですよ」

夫人は更に、今日一日の来客に思いを巡らせたが、銀行の支店長が来たのは午前中のことであり、以降それらしい人物は思い当たらず、何かの間違いではないかと思った。

「そんな方はどなたも……」

「一ノ瀬建設、取締役支店長ナリタですよ、高校時代の同窓の」

「あのぉ、一ノ瀬建設といいますと、この度、新しく進出して来ることになっている、あの一ノ瀬建設のことですか」

「そう、同窓のナリタが今度、支店長として赴任することになったことについては、蔵守君にはまだ話をしていなかったんですが」

「同窓の……」

「実は、今日、出世したナリタ支店長とお宅で落ち合う約束をしていたんですが、仕事の都合で、少し遅くなりそうなものですから、念のため一応連絡をしようと思って」

夫人はまさかとは思ったが、

「あの汚らしい同窓生の」と言いかけて、

「同窓生のあの方ですか」と言った。

「そうです、あいつが今度、市が以前から誘致していた一ノ瀬建設の支店長として、急遽赴任することが決まったんですよ」

「同窓生のあの方が一ノ瀬の……」

「ハァ、奴さん、慎重ですから、なかなか本音は漏らしませんが、私は前任者の時から係わっていたものですから、分かっているんですが、資材の殆んどは現地調達ってのが条件で、支店長が総て権限を握っているみたいですよ、木材でも何でも、ジャンジャン押し込んだらいいですよ、アッハッハッハハハ」

「……」

「それで、蔵守君も今日は予定がないというものですから、そしたら今夜は空けとくようにと……、それで奴とお宅で落ち合うようにしていたんですよ」

蔵守が今夜は、なんとはなく飲みごとがあるようなことを言っていたのを、夫人はその時になって思い出した。

が夫人には、いまだ事情がはっきり飲み込めない様子であったが、次の瞬間、夫人はハッとして全身の血の気が一瞬にして引くような錯覚に囚われてよろめいた。

しかしそれも束の間、今度は全身から冷や汗が吹き出していた。

三

一ノ瀬建設のA市支店開設準備委員長として赴任していた取締役小島一郎が、過労で倒れた後、後任人事として、成田明が委嘱され、急遽単身で赴任して来たのは、一週間前のことだった。関係機関や取引先に慌ただしく赴任の挨拶を済ませた後、行き詰まっていた現場作業にも、一応の目処をつけ、やっと落ち着いたのがその日だったのだ。

成田が一ノ瀬建設の取締役に就任したこれまでの経緯を知っている者は、このA市には誰もいない。

当時成田は、高校は出たものの、家庭的な事情で大学進学もならず、やむなく電器店の店員として働いていたが、将来建設関係の仕事に従事したいという強い希望で、電器店社長岡本の、大学時代の友人が、一ノ瀬建設の役員にいた縁故で、紹介してくれたのが始まりだった。

当初現場作業員として、建築現場を渡り歩いていたが、大学の通信教育などを通じて、ほぼ独力で建築学を学んでいた。

仕事に対する真摯な取り組みと、私生活での身辺の清潔さが、彼への信頼を次第と高め、目立つ存在となった。

管理職になってからの彼は、その類い希な緻密さと、大胆な行動力とを兼ね備えた手腕が、役員の間でも評価され、異例ともいえる早い昇進を重ねることとなるのだ。

成田にはこれといった趣味もなく、手掛けた建築物を完成させることが、唯一の趣味のようなものだった。それは芸術家が自分の作品制作に全身の情熱を傾けるのに似ていた。

それは自分を紹介してくれた電器店社長、岡本に対する義理で、裏切れないという気持ちが強く働いていたのも確かであるが、成田自身、仕事が好きだったからでもある。

加えて、成田は役員に認められたことから、有力役員の娘を妻としていたのが、より早い昇進につながっていたのも否めない。

一方、身なりについては、ほとんど無頓着で、夫人がよほど気を配らない限り、下着の着替えさえしない男だった。

また部下社員などの結婚式に出席した後、式服のまま現場に現れて、作業に従事したりするため、下ろしたばかりの真新しい洋服を、一日で台なしにすることも一度や二度ではなかった。

緻密さと、物や金銭に執着しない身辺の清潔さ、それに服装に関しては野放図なまでの無頓着と、大胆な行動力、それら相反する性格が、一人の人間にどんな形で同居しているのか分からない。

しかしそれがむしろ成田の魅力になっていたのかもしれない。

部下の面倒見もよく、上からも下からも厚い信頼を得ているという類い希な人物といって良かった。女に貢ぐために電器店の商品を横流しして、クビになったという噂の源は、成田がこの街を去る時、いちいち説明するのが面倒になり、

「使い込みがバレてねぇ、これ、これよ、これに貢いだばっかりにねぇ」

などと小指を一本立てて、友人に冗談を飛ばしていたのが、当人同士だけの間では、冗談は冗談として聞き流されていたであろうが、それが第三者に伝えられるとそうも行かない。

次第と噂に真実味が加わり、しかも尾鰭がついて広まることもある。

その後、家族も隣接する郷里へ引き上げたという事情もあり、最早成田にとってのA市は縁のない街となっていた。

けれども成田は、一ノ瀬建設を背負って立つ次期社長として、その存在感には大きなものがあった。

話しを中断されたまま、半ば追い立てられるように事務所を後にした成田明は、よれよれの作業ズボンのポケットから、重ね合わせた十数枚の裸銭を取り出し、しばし眺めていたが、また無造作にポケットにねじ込んだ。そして何を思ったのか、人通りの少なくなった道路の脇に、ひょいと川辺の方へ入り込み、夜空を仰ぎ見ながら、やおら川面に向かって放尿を始めた。

株式会社一ノ瀬建設、常務取締役A市支店長、成田明は一瞬、ブルッと身震いしたが、また事もなげにすたすたと歩きだした。

春三月とはいえ外気は冷たく、冴えやかな月の光が、五分咲きの桜花を煌々と照らしだしていた。

乾杯係長

「栄えある山田君の課長昇進を祝し、今後益々健康で御活躍されることを祈念致しまして乾杯！」

几帳面にかつ力強く乾杯の音頭をとった谷川係長五十三歳、血液型A型は自らも手にしたコップを高々と掲げ一気に飲み干した。

サラリーマンにとって宴会はつきもので、社の慰安旅行、忘年会、人事異動の度の歓送迎会と宴会の機会は多い。

そして宴会の流れにも一つの型があり、その席の長に当たる者が、その場に応じた挨拶をした後に酒宴に入るのであるが、これも儀式の一つとして乾杯がなされる。そしてその音頭をとるのは、おおむね次の地位にある者が指名されることが多く、この経理課ではもう老齢係長となった谷川の役目のようになっていた。

谷川係長はこれまで人事異動で新課長を迎える度に、何回こうした乾杯の音頭をとって来たであろうか、それ故にみんなは谷川を《乾杯係長》と陰口した。

谷川係長はその度に、いつになったら自分が主役となり、自分のために乾杯をしてくれる日が来るのであろうかと、一人密かに考えるのだった。

三年ほど前、谷川係長の直属の上司であった課長が部長に昇進した時、もう既に古参係長である谷川が、その後を受け課長に昇進するのではないかと、一部の社員の間で僅かながら噂に上ったが、他の課から若手係長が、あっけなく新課長として異動就任して来たため、谷川の課長昇進は見られなかった。

かくして谷川は《乾杯係長》の名をまたしても更新したのだ。

新課長を迎える昇進祝いの席上、皆から祝福の乾杯を受け、さも満足そうな成田新課長の顔を見るにつけ、谷川の心中は決して穏やかではいられなかった。

更に新しい課長を迎えて露骨に阿諛《あゆ》迎合しながら、一方、谷川に対しては疎んじる空気があり、そうした他の社員たちの姿が、無性に腹立たしかった。

けれどもそれを今あらわにしたのでは、大人気《おとなげ》ないばかりか、自分の人格に傷がつく、いや、ここは忍の一字で我慢するしかない。そしてそれが日本古来からの武士道であるとし、自らを厳しく律し、努めて明るく振る舞うのだった。

だがこれから先もこのように自分を評価してくれないのであれば、今までのように身を粉にして会社のために尽くすものかという思いが、谷川の心の中に強く沸々としていたのも事実である。

がそうは思いながらも、一方では、いやいや、人間、一生懸命に仕事にさえ打ち込んでいれば、いつかは誰かが必ず、自分の存在を認めてくれるものであるという期待感も、また捨て去ることはできないでいた。

そう思い直すと谷川係長はこれまで通り、いや、これ迄とは違った部分にまで気を配り、経理課会計係長として誠実一筋に仕事に打ち込むのだった。

かくして一年後、思いもかけず成田課長の交通事故死という突然のでき事により、課長の椅子が空席となった。

「今度こそ谷川係長の課長昇進は間違いありませんよ」と同じ課の後輩である山本係長に言われた時、「わしは課長の器ではないからなぁ……」と一応は謙遜をして見せたものの、年功、経験、これまでの実績と、どの面から見ても、他にこれといった人物も思い浮かばず、今度こそは、それが妥当な線であろうという期待感と、上司の突然の死という、降って湧いたような出来事に、谷川自身もその気になっていた。そして課長就任の心構えを密かに整えていた。

そうした状況の下で、社長を中心とした臨時の常務会が召集された。

午後から開かれる常務会の議題の一つは、この度の事故で空席となったままになっている後任の課長人事であることは間違いない。

会議は長引き、途中お茶の入れ替えに入った総務課の女子社員が出て来た時、谷川係長の顔を見て、何か意味あり気にニコリと笑みを見せて通り過ぎた。

おそらく会議の席上で、課長候補者として、自分の名前が出ていたのを小耳にでも挟んだのであろう、谷川はそう判断した。いずれにしても後は発表を待つだけである。

その日から谷川係長は一日千秋の思いで、人事異動の発表されるのを待った。

かくして数日後、待望の人事異動は発令された。

各部署の担当部長が朝礼の席上で、今回、人事異動をしなければならなくなった諸事情につき説明がなされた後、異動の内容が読み上げられた。

移動は必要最小限度にとどめるという当初の説明ではあったが、異動は一部、部長人事にまで及んでいた。

上部人事から、逐次発表される異動内容が、課長人事に至った時、谷川係長は全身を耳にして、自分がどの部署の課長になるのか、次々に読み上げられる名前に、谷川は虚空を睨み、固唾を呑んで聞き入った。

そして課長人事が総て読み上げられても、谷川の名前は最後まで上がることはなかった。

新任の課長には、他の課から弱冠三十四歳の新見係長が在籍二年余りで、異例の抜擢で課長に就任したのである。

谷川はまたしても塗炭の苦をなめたのだ。

サラリーマンにとっての昇進、昇格は待遇面で大きく違って来るのはもちろんであるが、それ以上に社員の能力、力量、存在価値そのものが問われ、評価された結果なのである。

そして一度得た肩書は学歴と同様に、生涯消えることはなく、あの人は某社の元課長であったとか、部長にまでなった人であるという風に言われ、最終肩書はその人を評価する上での大きな基盤となり、誰もが得ようとしても得ることのできない勲章なのだ。

それ故にサラリーマンにとっての昇進昇格は最も関心の高い重大事なのである。そして当面の目標は、早く課長になることにあると言っても過言ではない。

それだけに課長の業務上での責任は重く、会社での実務上の権限は課長に委ねられ、決裁されているのが実態と言える。

そしてもしも課長の決裁したことが、上の部長などによって覆されるような会社があるとすれば、その会社は先行き不安な会社と言えるかもしれない。

それだけ企業における課長職としての存在は大きな意義を持っているものなのだ。

谷川が係長になった時、谷川にとって課長という肩書は、それほど偉大なものではなく、またそれほど遠い存在でもないように思っていた。ただ真面目に実績と年功を積んでさえ行けば、若干の紆余曲折はあるにせよ、次はほぼ段階的に課長になれるものと決め、人並に様々な書物にも目を通し、その時期の来るのをひたすら待っていたのだ。

けれども人事異動の度に、谷川の課長昇進は問題にされないばかりか、年若い課長が次々と誕生するに至った時、手を伸ばせばいつでも手の届きそうな近くに、課長の椅子がありながら、実は大変厳しい存在であることが身をもって思い知るに至ったのだ。

そして課長への道が険しければ険しいほど、谷川の課長という肩書に対する憧れ、願望は益々膨らみ、片時も心の隅から消えないばかりか、時として夢にさえ見るのだった。

新見新課長は谷川が係長になった年に、新入社員として入社していた。そして新人の頃、新見はよく計算間違いをして、谷川に指導してもらっていた社員である。それがある日、突然自分の上司として赴任してくるのだから、谷川にしてはこれ以上の屈辱はない。

谷川は元部下のまだ青二才と思っていた新見新課長から、

「谷川係長！　谷川係長！　この仕事を今週中に仕上げておいてくれ」などと指示命令される屈辱に耐え忍んだ。

そうした中にあって、知人や遠縁の者が、次々とさも当たり前のように気軽に課長へ、部長へと昇進して行く様を見るにつけ、彼らはいったいどうしてあのように容易に昇進できるのであろうかと、我が身の状態と比較して不思議にさえ思うのだった。

新課長を迎える祝宴の終わった後、谷川は二次会の席を、中途で一人そっと抜け出し、帰宅途中、たまに立ち寄る飲み屋の暖簾を押して入ると、口も利かずに、止木で、夜更けまであおるように飲み続けるのだった。そして飲むほどに、酔う程に心は益々荒み、

「もう仕事なんか誰が真面目にするもんか、これからは月給取りに徹してやる。部長が何だ！　課長が何だ！　部長や課長になったからといって、人間そのものの価値が変わるわけではない。肩書さえ取ってしまえばみんな、ただの人間じゃないか……」

谷川は心の中でそう叫ぶのだった。

翌日、二日酔いの頭痛で重い頭を押さえながらも、谷川係長は定刻に出社し、何事もなかったように仕事に取り掛かった。

谷川がそうした捨て鉢的な行動に出なかったのは、性格的なこともさることながら、まだ課長への道が全く閉ざされたわけではない。残る二年余りの在職中にどんな事態が発生し、またどのような進展があるかは誰もが予測できないのだ。

数年前、最若手で次期役員間違いなしと、最早不動の地位と思われた部長が、ある日突然、会社に対する背任行為が表沙汰となり、失脚するという事件があった事を彷彿と思い返していた。そして人生、一寸先は闇であることを痛感していたのだ。

がそれはともかくとしても残る二年の内、一年が不可能なら半年でも良い、とにかく課長という肩書で、定年退職の日を迎えたいという、切なる願望があったからに外ならない。そして己のために《乾杯》をしてくれる日を、そしてその日がどんな日になるか、なおもほのかな期待を持って待ち続けていたのだ。

かくしてその日はやって来た。

関係部課長を下座に、正面上座に常務と並んで着座した谷川の顔には、やっと念願叶った者のみが浮かべることのできる晴れやかな笑みがあった。

そうした谷川に対し、ある者は凱旋した将軍に敬意の礼を尽くすように、恭しく頭を垂れて挨拶し、またある者は両手を差し延べて握手を求めた。

谷川はそうした者達にも軽く笑顔で応えていたが、そこにはこれまで見たこともないような自信に満ちた晴れやかさと風格さえ感じられた。

やがて全員が揃った旨の報告を受けた常務は、すくッと立ち上がり、中央マイクの前に立ち一礼すると、谷川の今日までの数々の業績を称える長々とした挨拶があった後、谷川は長年この日を待ち受けていたかのように、背筋をピシッと伸ばし、誇らし気に立ち上がった。そして常務から渡されたマイクを握ると、老齢らしい落ち着いた貫禄を見せ、おもむろに一礼すると、

「高い所から甚だ僭越ではございますが、一言ご挨拶申し上げます。

入社以来三十有余年の長きにわたり、皆様のご支援と加護の下に、そしてただ今は常務から身に余る過分なお褒めの言葉を賜り、この日を迎えさせて戴きましたことは、一重に皆様のご厚情の賜物と深く感謝申し上げる次第でございます。そして本日この日を迎えるにあたり、かくも盛大なる祝宴を準備して頂きましたことは、谷川の生涯にとって、またとない感激であります。

これで私も今日まで一生懸命に頑張って来た甲斐があったというものであります。

そして今日のこの皆様のご厚情を胸に深く刻み、これからも益々気を張って行きたく思います。

今後共皆様のご指導ご鞭撻を賜りたく、心よりお願い申し上げますと共に、厚く御礼申し上げます……

云々」

谷川の謝辞が終ったのを受け、総務担当役員が緊張の面持ちでコップを手に持って立ち上がった。そしてみんなもそれぞれにコップにビールを満たして立ち上がるのを待って、

「それでは谷川君の今後共益々御健康でご活躍されることを祈念致しまして乾杯！」

谷川は手にしたコップを目の高さに掲げ、次に一気に飲み干すと、場内割れるような拍手に、謝辞をこめて深々と頭を下げた。

それは谷川が定年で退職する日だった。そしてこの晴れやかな笑顔と風格は、課長になりたい、いや、ならなければならないという渇望・自縛から解き放たれた時の開放感にほかならなかった。

収受員ブースの中で（都市高速料金所）

「オイ、回数券くれ」

タバコをくわえた四十路と思われる男性が、視線を前方へ向けたままの姿勢で乗用車の窓から、一万円札をヒラヒラさせながら差し出している。

一万円札を出すからには、多分二十四回券であろう、二十四回券は一万二百円だから、あと二百円足りない。

最近値上がりしたばかりで、お客さんの中にはまだ知らない人も多い、そう判断した収受員高野は、

「二十四回券だったら一万二百円となったんですが」と遠慮がちに言った。

「バカタレが、これで買える回数券があろうが」と男は怒鳴った。

九回券だったら五千円足らずである。ならば最初からそう言えばいいのにという思いと、年齢は我々よりはるかに若いのに、人を人とも思わぬ傲慢な態度と言葉づかいには、少々腹立たしい思いがある。それでお釣りを先に渡し、続けて回数券を渡す時、高野は、

「今日の分、一枚もらってもイイカネェ」と、つい相手の態度に合わせたのだ。すると、

「ナンヤ、イイカネェちゃ、ナンヤ、オイ、コラ……、今日の分、一枚いただいてもよろしいでしょうか、やろうが、いい歳して、それも分からんとか、コノ、バカッタレが」

その通りである、そんなことは百も承知している。けれどもこうしたお客にはどうしても素直になれないこともある。

「あぁ、ソウヤッタネ」とあっさり認めながら、高野は一枚切り取って購入した回数券を渡した。

男はいささか自分がバカにされたような扱いを受けて益々いきり立ち、

「オイ、お前、横着やネエ、名前はナンチュウトヤ」と脅しの口調で言う。

「あぁ、ここに書いてありますが……」

高野は悪びれもせず、料金所の外壁にはめ込まれている名札を指し示した。

「テメェ、俺をナメちょるとか、この野郎、頭、カチ割るぞ、この、バカタレが、ここに出て来い、この野郎！」

とチンピラヤクザが使うような巻き舌でまくし立てる。

《どっちが横着か》と言いたいところであるが、どんな人であれ、利用者は総てお客様である。ここでむきになって挑発に乗っては、道路公社からのお叱りはもちろん、殊によるとクビ、いや、キレル、ヤブレル人間の多くなった昨今、場合によっては、身の危険すら覚悟しなければならない。

腹に据え兼ねるところであるが、相手はお客様であり、かつ公的業務に携わっている者の哀れさで、ここは我慢のしどころである。

「あぁ、スンマッセン」

高野はこともなげに詫びた。

男はしばし威嚇するように睨みつけていたが、謝られて、自分の威厳が一応保たれたと思ったのか、やがて車を発進させた。横には厚化粧の、赤いマニキュワを施した指にタバコを持った年齢も不相応な若い女性が乗っていた。

都市高速にはダンプが走る、バスが走る、大型トラックが走る、近くには鉄道もある、加えて消音器を外した、いや拡音器を装備したような乗用車やバイクが料金所と平行した国道を走るのであるから、ジェット機の着陸間近い空路下にいるようなものである。

そうした騒音の中で、都市高速に入って来た男性が、何か話しかけている、多分道を尋ねているのであろうと思われるが、騒音のため、よく聞き取れない。

「ハイッ、なんでしょうか」

高野は真摯に聞き返したのであるが、男性はいきなり、

「お前、ツンボか、俺に何回、同じことを言わしたら分かるとか」と大声で怒鳴った。

「申し訳ありません」とここでも素直に謝ればよいものを、いかにお客さんといえども、差別用語のような暴言をはいてもよいというものではない。

腹立たしい気持ちもあるが、暴言で応酬するわけにもゆかない。

「ハァ？　ハァ？……、ツン……ツン……なんでしょう」

高野はやや大仰に右手を耳にかざして、更に聞こえない振りを決め込み、頭を車の中まで突っ込むように近づけた。

男性客は怒りをあらわに憮然としていたが、

「もうよか、このバカが」と怒り露わに言って車を発進させた。

このように幾ら怒鳴っても、暴言を吐いても、相手は公的業務に携わる収受員であるから、自分に危害が及ぶことはまずない。檻の中の動物を竹槍で突くように、安心して毒づいて日頃の鬱憤を晴らしているのかもしれない。

公的業務に携わる者として、日ごろは顧客にそうした不満が起きないように、細心の注意を払い、収受業務に従事しているのであるが、時にはこうした故なき暴言には、このようにささやかな抵抗もしたくなるというものである。

かつては高野も、十数年前までは、通勤でほぼ毎日高速道路を利用していた。

そのころ高野が一旦、高速道路に入ったものの、間違いに気づき、誤進入を申し出ると、

「あんた、どこ見て行きよるんかね、道路標識があろうが、ちゃんと見て行きナイヨ」と強い口調で叱られたものである。

そこで暴言はおろか、反発でもしようものなら、今後一切利用差し止めの処置でもされそうな恐れさえ感じたものである。

そんな高野がひょんなことから、都市高速道路の料金収納業務に携わることになったのだ。

収受員になったが、その後の行政改革で、高野の身分は、都市高速道路公社の職員ではなく、公社の料金

収受業務のみを委託された子会社、いや正しくは別に入札する会社があって、落札後、更にそれを下請けに下ろす、つまり孫受け会社の従業員なのである。

総ての収受員が《高齢者等の雇用の安定等に関する法律》に準拠して採用された五十五歳以上、六十五歳までの者で、ほとんどが、リストラなどで職場を失った後の、第二の職場であるから、それまで色んな職業を経験した者ばかりである。大学出あり、部長経験者もまた数多である。

そして今日では利用者はお客様へ、かつての徴収員は収受員と名を変え、あくまでもお客様としての接遇が要求指導されている。

けれども客としての権利志向の高まる中、少し態度が悪かったりすると、すぐ公社への通報が入り、お叱りを受けることになる、往時とは隔世の感がある。

そうした傾向は高速道路ばかりではない、現在は公立の病院でも、患者の名前を《様》で呼び、以前のような《患者どもは》というような扱いではなく、とても親切になった。

時には手を握られたと言う女性が、収受員を名指ししての苦情が寄せられたりする。

「だれがあんなバアさんの手を握ったりするか」

と当人は言っているが、ちょっとした接遇のまずさでも、お客さんは敏感に感じ取るもので、その後の対応の不手際が、よりお客さんの自尊心を傷つけ、不満爆発から暴言を誘うことにもなる。

料金所には場所にもよるが、一日五千台から、多い日には七千台余りの車を、二人の収受員が交替で、二十四時間料金収受業務に携わっている。だから朝の内は元気良く、そして愛想よく取り扱っているが、ほぼ立ちっぱなしであるから、夕刻になると疲れも重なり、やや横柄と見られる接遇になっていることは否めない部分もある。

こうした業務に長年携わっていると、しばしば面白い場面にも遭遇することがある。

料金収受場所は路面よりは約三十センチほど高く設置されている。その分、目の位置が高いため、通常では見えないものが目に付くことになる。

それは若い女性だった。所定の場所に車を停止させて、あらかじめ準備していた料金を渡そうとしたが、まだ完全に開いていない窓ガラスに手が触れて、握っていた硬貨を車内に落してしまったのだ。

女性は足元を手探りしていたが、どこに落ちたのか分からない。しばらくモジモジしていたが、何を思ったのか、勢いミニスカートの裾をパクッとめくり上げて、股間を広げたのだ。果たして硬貨は太い内股の下着も露わな、奥深くにあった。高い位置にあるから、もろに見えてしまう。女性はそれをわしづかみにして手渡し、ニッコリ笑って走り去った。すぐ後ろで待っていた男性は千円札だったので、高野はその硬貨を即釣銭として渡した。

「ありがとう」

それとは知らず男性は爽やかな笑顔を返して走り去った。

色んな車種の中には警察車輌も通る。警察車輌は証明書が提出されるからすぐわかる。高野はふと車内に目を移すと、知的な感じの女性が乗っている。婦警さんだろうと思いきや、よく見ると両手には手錠がかけられ、腰紐で繋がれている。容疑者護送用の車輌だったのだ。

通常の場合、こうした護送車に乗せられた容疑者の顔は見てはいけないことになっているが、このように若い女性であったりすると、つい一瞬の内に観察してしまう。

それにしてもこんな若い美人女性が、いったいどんな犯罪に関係したのであろうか……、万引き、あるいは売春……、そんな勝手な想像もしたくなる。

そうかと思うと、四十路と思われるプリプリ太ったオバタリアンが手錠をかけられているにも拘わらず、ニコニコ笑いながら、いかにも嬉しそうにタバコを吸っている。

このオバタリアン、この風貌から、多分常習の食い逃げ犯に違いないと高野は判断した。

時には繋がれている人が、どう見ても犯罪などに関与しそうもない、一見純真そうな青年だったりすると、高野は自分の息子の姿と重複して、これはなにかの間違いで、どうか冤罪であればよいがと祈ったりもした。

しばしばあるのが、間違って所定の料金より多い金額を渡す人である。こんな時、高野は遊び心も手伝い、女性だったら、

「お客さんは美人だからお負けしときます」と言って返すことにしている。たいていの場合、

「ありがとう」と言って、自分が多く渡したことに気づき、いかにも嬉しそうな表情をされる。

中には怪訝な顔している人もある。こんな場合は慌てて、

「多かったのですよ」と説明しなければならない。

通行する車の中に子どもがいたりして、手を振ってくれることがある。それで子どもの姿を見かけると、高野は自分らから手を振ることにしている。

ある子どもは恥ずかしそうに、またある子は伸び上がって手を振って応じてくれる。時には親の方が気を使って子どもに手を振らせたりしている。

こんなとき塵埃と排気ガス、更に騒音という悪い環境の中で、一陣の涼風にあたったような爽快な気分になり、収受員として心和む一瞬である。

「ハイ、おじさん、これ……」

若い女性が、料金と一緒に缶ジュース二つを差し出している。時にはこうして知人や同僚が飲み物などを差し入れしてくれることがある。稀にはお客さんからも……。

高野は失礼にならないように、両手を差し出して、

「いゃー、どうも、どうも、ありがとう」と礼を述べて受け取ったが、その缶ジュース、実は空だった。不要になった空き缶を捨ててくれろ、というわけである。

収受員は自分の持ち込んだゴミは、総て自分で持ち帰らなくてはならないことになっている。殊に空き缶や空きビンは、他のゴミとは別扱いで、個人で自宅まで持ち帰ることになっている。

それは高野が入社したばかりで、先輩に収受業務を見習っているときのことである。通りかかった若い男女のお客さんが、

「おじさん、これゴミ、捨てとって」とビニール袋を差し出した。先輩収受員は、

「ここはゴミ捨て場ではありませんので、申し訳ありません」と丁重に断った。

ややして、カラン、カラン、と缶の転がる音と、パチンとビンの割れるよう音がしたので高野が窓から覗くと、さっきの客が車の窓からビニール袋を逆さまにして、路上にゴミを撒き散らかしているところだった。そして最後にビニール袋ごとポンと放り投げて走り去った。

都市高速道路はいろんな人の手によって、可能な限り安全走行ができるように努められている。

こうして捨てられた空き缶や、空きビンは重大事故に繋がりかねない。そのため車の走行の合間を縫って、拾い集める人がいるのだ。

そうした作業は思いの外危険を伴い、時には命懸けの作業となる。現に過去死亡事故も何件も発生している。

自分の車はピカピカに磨き上げ、車内は土足禁止で、スリッパさえ用意した車があったりするが、公共の場所はどんなに汚くてもいいと思っているのであろうか。

夜間になると多いのが、飲酒運転である。明らかに危険を伴うような泥酔状態の運転手もいたりする。

しかし収受員にはそこで運転を止めさせる権限などはないから、見て見ぬ振りする以外にはない。

こんなこともあった。それは飲酒運転ではないが、青年の左手には透明のビニール袋が握られており、中にはシンナーらしき透明の液が入っている。

青年はトロンとした目付きで、片方の手だけで財布を探りながら料金を出そうとしているが、お金すら取り出せない状態である。

しばらくモタモタしていたが、どうにかお金だけは取り出したが、手が震え、危険を伴う状態である。

けれども収受員には、これからの運転を阻止する権限もないのであるから、見過ごす以外には術はない。

「畜生、このぉーバーカめぇが」

これはお客さんが言ったのではない。言ったのは収受員高野である。

九回裏、ツーダン満塁、得点は四対三、一打逆転のチャンスに打者がツー・スリーからボール球に手を出し、空振りの三振でゲームセットになったのだ。

夜も九時過ぎると通行量もぐっと減り、後は野球放送でも聞きながら業務に従事するのが一つの楽しみである。

その時、ちょうど通りかかった男性のお客さん、高野の声が聞こえたのか、怪訝な顔で見上げている。

「いやぁ、野球、プロ野球ですよ、今、ラジオで実況放送を聞いていたものですから」

「そうですたい、私も聞きよったんですが、見送ってたら、悪くても同点、運がよければ逆転サヨナラだったんですからなぁ、負けたんで、グラグラして今ラジオを切ったとですたい」

「いやはや、誠に失礼致しました」

「この頃はすったりいけませんなぁ、投手も悪いが、打線が繋がらなくてですなぁ」

「これで三連敗ですからねぇ」

「粘りがないですよ、もう少し打線にはガンバってもらわんとですなぁ」

お客さんは車を止めたまま、しばしの野球談義である。なかなかの野球通で、ひいきの球団が同じだったものだから、つい意気投合したのだ。

「遅くまでお疲れさまです」と紳士は慰労の言葉を残して走り去った。

「おいさん、これ、これ、こう、これ見てんない、今、そこで俺がとったとー」

午前零時近くなると、交通量もぐっと少なくなり、一人ブースの中にいると、むしろ人恋しささえ感じることがある。

そんな時、通りかかった五十歳前後とおぼしき背広を着込んだ、一見紳士風の男性が、やや興奮気味に五・六枚の写真のようなものを差し出している。

手に取って見たものの、高野は近年、老眼に加えて乱視もひどくなり、被写体が何であるさえ分からない。イチジクの果実のような物のようでもあるが、明確ではない。

がせっかく好意的に見せてくれているのに、それなりの評論を加えないで返すのは悪いと思い、高野は慌てメガネをかけて見たところ、びっくり仰天、それは男と女が、正に結合した部分を、色々と角度を変えて接写したポラロイド写真だった。

「おもしろかろうがな、おいさん、これ、たった今、俺がとったとー」といかにも満足気である。

多分、女を買った際に撮ったのであろう、それにしても一見の収受員に臆面もなく、また何の目的があってわざわざ見せたのか……、高野もニヤニヤ笑いながら、手にして見はしたものの、汚物に触った後のように気色が悪い、急いで手を洗った。

都市高速道路には作業車や救急車外、多くの車輌の中には霊柩車も通ることがある。たいていの場合、額縁に納められた写真を抱いた人がいるから、故人がどの程度の年齢なのか大かたの想像がつくものである。

これが高齢者であった場合は、あぁ、自分もあと何年、こうして元気でいられるのであろうか、そしていつの日にかは必ずこのような車のお世話になるのだなぁと思うと、高野は一抹の寂しさを感じたりする。

つい先日、額縁に納められた写真の人は、まだ若い女性であった。そして夫と思われる人が額縁を抱き、その横にはまだ三、四歳と思われる幼女が、喪服に身を包んで並んで座っている。額縁の人は多分その幼女のお母さんに相違ない。

まだまだこの幼女には、お母さんの肌を接しての、暖かな愛情を存分に注いでやらなければならない年齢なのに、それができなくなった幼女は、これから先どんな生活が待ち受けているのであろうか……。

額縁に入ったこの子のお母さんは、もうこの子の前には姿を現わすことはないのだ。そしてこの幼女も、今はお母さんの死についての認識はないかもしれない。けれどもこの子はお母さんを探すであろう。

なんの咎もない純粋無垢なこの子らが、何ゆえにそんな悲しい目に遭わなければならないのだろうか、母親もきっとこの子を残しては、死ぬにも死にきれない悲痛な思いであったであろうと思うと、高野はどうにもならない人の世の無情を感じるのである。

雨が降ると事故が多発する、殊に晴天が続いていて、急に雨が降ったりすると、日によっては短時間の間に五、六件もの事故情報が入ることがある。たいていはスリップ事故で、多くの場合、他の車を巻き添えにしている。

それは氷雨降る寒の入りの寒い日だった。雨合羽で身を包み、バイクで通りかかったのは、二十歳前後と思われる誠実そうな青年だった。

「バイクで都市高速を利用するのはもったいないねェ」と高野、バイクも四トンのトラックも料金は同じなのだ。

「そうなんですよ、もったいないけど、残業で遅くなったものですから、学校に遅れそうなんですよ」

勤労学生であろう、高野はこうしてまで勉学に励む真摯な青年の姿に、ある種の感動を覚えた、年の頃も自分の息子と同じくらいで、一層親近感を覚えた。

このまま料金を収受せずに過ごそうかと、高野は一瞬考えたが、青年の今後のために悪影響を及ぼしてはいけないと判断して、それは止めた。

高野はお釣りを渡しながら、

「そう、気をつけてね、元気で頑張りーや」と励ましの言葉をかけた。青年も、

「ありがとう、おじさんもね」と言って爽やかな笑顔を残して去った。

高野は青年の後ろ姿を見送りながら、本当に頑張ってね、と心の中で呟いた。

それから十五分もした頃だった。

《ただ今、勝山、日明間でバイクとトラックによる交通事故が発生、パトロール隊が現場に急行中、詳細は分かり次第連絡致します》という一斉放送が入った。

都市高速は監視カメラにより全線が網羅されているため、事故は即刻とらえられるのだ。

時間との兼ね合いから、もしや、さっきの青年では……不吉な予感が走った。高野はさっきの青年ではないようにと祈るような気持ちだった。

その後の情報で、先に行くバイクにトラックが追突し、倒れたバイクにトラックが更に接触したこと、そしてそうした事故による渋滞状況についての詳細が一斉放送で知らせて来るが、バイクの人がどうなったか、つまり人身については一切放送がない。

公社に直接問い合わせれば、ある程度は分かるかもしれないが、これは収受員の業務外のことであるから、直接問い合わせたりすることはできない。

この事故が死亡を伴うような重大事故でなければいいが、そしてもしもそうであったとしても、被害者があの青年でなければいいがと、高野は祈らずにはいられなかった。

翌日、勤務を終えて急いで帰宅し、新聞を見たが、昨日の事故についての記事はない。念のため図書館まで出向き、他の二紙にも目を通したが、事故についての記事は一切ない。

高野は気になりながら、それから四・五日した頃だった、勤務のための配置につく車の中で、他の収受員の一人が、先日の事故の被害者が死亡したらしいことを話した。

でもあの真摯な青年が交通事故死などするはずがない。あの青年は今日も元気で頑張っていると高野は信じようとした。

一ブース（料金所）は二人体制になっており、夜は五時間交替で仮眠をとることになっている。だから深夜はまるっきりの一人勤務である。

だれの助けも借りず、一人で深夜まで、あるいは夜明けまで勤務につくことは、かなりの忍耐力が要求される。

勤務に慣れない最初の頃、高野は世間一般はだれもが家庭でのくつろぎの時間帯なのに、なにゆえにこうして一人で、仕事をしなければならないのかと思わないでもなかった。そして遠くの街明かりを見ながら、何かやり切れない気持にもなった。

けれども考えてみれば、視野内には溶鉱炉や発電所もあり、二十四時間一刻たりとも休むことなく、家庭に明かりを送り続けてくれている人がいる。

それら昼夜を問わず働いてくれている人がいるお陰で、自分たちの生活も成り立っているのだ。

生きる権利、仕合せになる権利と、権利志向ばかりが先行する今日にあって、こうして世の中を底辺で支えてくれている、これら多くの人々がいることに、高野は勇気づけられたりした。

収受員になって既に八年が経過した。けれども同じ時間帯の、同じ場所で勤務するのは、年に四回程度しか回って来ない。

「お疲れさん、久しぶりだねぇ、元気でやっているねぇ」

勤務年数が長くなると、必然的に顔見知りのお客さんも増えてくる。その声に振り返ると時折見かけるお客さんである。

「ハァー、あなたもお元気そうで、頑張っていらっしゃいますねぇ」

どこのだれとも知らない者同士の、お互いを励まし合う寸暇の対話である。

男性は納得したようにうなずき、爽やかな笑顔を残して、慌ただしく去って行く。顔を覚えてくれている人は、ニコヤカに手を振ってくれたりもする。これらも収受員としての心和む一瞬である。

そうした状況の中で、今もって気になるのが大小便の処理である。夜中から急にお腹の調子が悪くなったりして、不如意に便意など催しだしたら悲劇である。過去には相棒が仮眠を終えて、交替で出てきたら、ブースの中はウンコだらけになっていたなどという話も聞く。

仮眠中の相棒には、極力迷惑を掛けたくないばっかりに、何とか我慢しようとしての結果であろう。高野もこれまでに、そんな経験をしたことが何度かあったが、正に死闘に近い苦しみである。

これまでどうにか切り抜けてきてはいるが、それは恐怖である。だから夕刻から極力水分を控え、殊に冷たい飲み物は飲まないようにしていた。

更に前の晩から、好きな酒も控え、食べ物にも配慮して、高野は体調には万全を期しての勤務である。現金を扱う仕事に再び従事することには、ある種の戸惑いはあったが、客とのトラブルを起こさず、収受した料金を清算さえすれば、若干の違算はあっても深く追及されることがない、甚だ大ざっぱでもある。

そして問題を翌日に繰り越すこともなく、暑さも、寒さも知らず、年中カッターシャツ一枚で勤務できる至って気楽な仕事であるといえるかもしれない。それに何よりも時間的ゆとりを得たことだ。

余暇の多くなった今、高野は色んな経歴と、多種多様な個性を持った人達との、上下関係を意識せず交流できることに、意義深いものを感じていた。

人並みの出世もならず、万年係長で十歳も年下の上司に、君付けで呼び付けられることは、組織上やむを得ないこととしながらも、故なき、または不理解や誤解から、感情的に怒鳴りつけられたりする屈辱感も高野は味わっていた。

そんな中でも、五十五歳でのリストラは、経済的にも想像を越えた不安であった。仕事をしたくても、高齢者には働ける職場はない状況で、高野が今の職に就けたのは僥倖であったかもしれない。その第二の職場も、後三ヶ月で定年を迎えることになる。

思い返せば、十八歳から六十四歳の今日まで、実に四十六年間の長きに渡り、よく働いて来たものである。その前職のころ、対人関係がうまく行かず、いつも上司から叱られていたような記憶しかない。けれども経済のため、生活のためには、忍耐以外には術はなかったのだ。それから考えると、収受員となった今の生活は正に天国のようなものかもしれない。

たまには故なき暴言を聞かなければならないが、それは何千人の中の、ほんの数える程度しかなく、ほとんどのお客さんは真摯に働いている善良なる市民なのである。

そんな中で四十六年間という長きに渡り、浅く、または深く係わった人の中には、既に故人となった人も少なくない。

お世話になった人、尊敬し信頼した人、狡猾で部下を正に踏み付けにして出世した人、苛められた人と苛めた人等々、高野は二回目の定年が、また近づいたこともあり、近年そうしたことを回想しながら、感慨に浸ることが多くなっていた。

「おはようございます」

高野がそうした物思いに耽っているとき、その声でフッと我に返り前を見ると、荷物を満載したトラックの運転手が笑顔で料金を差し出している。

「おはようございます」

料金を受け取り、領収書を差し出すと、

「おじさんたち、夜通しで、大変だねぇ」

「あなたも朝早くから大変ですねぇ」

「うん、今、和歌山から帰り着いたとぉー、荷物を下ろしたら家に帰るとぉー、今日は土曜日やろ、学校も休みやし、子どもやカミさんの顔を見るとが楽しみみたい」

「それはお楽しみで、お疲れさまです」

「おじさんたちがこうして仕事をしていてくれているから、助かるバイ、お疲れさん」

爽やかな笑顔を残して走り去った。

今日は土曜日だったのか、この仕事に就いてからというもの、高野は曜日に対する感覚は薄れていた。

午前五時、夜明けも近い、後数時間で勤務も終わる。そうだ、明日は非番だし、帰ったら老妻を連れて、温泉にでも行くことにするか。

我々の年代は遊びにお金を使うことに、ある種の罪悪感を抱いていたが、これは貧乏生活の習慣が身に染み付いてしまっているからかもしれない。たまにそんなことをしてもバチは当たるまい。

こうして働くことができたのも半分はカミさんの内助の功あってのことだ。今日帰ったら早速計画しよう、カミさん、びっくりして喜ぶに違いない。そう考えた高野は、こうして仕事のできる喜びと充実感を味わっていた。

「おはようございます」

「ありがとうございます」

「お疲れさまです」

「ありがとうございます」

「ご苦労さん」

「ありがとうございます」

「おはようございます」

陽が昇るに従って通りも段々増えて来る。土曜日とはいっても仕事をしなければならない人は多いのだ。

「おはよう、今、船でそこに着いたんじゃがのぉー、博多はどっち行くんかのぉー」

見ると、やや大きめのワゴン車の中には子どもや女性、それに年寄りらしき人たち、合わせて七・八人の姿が見える。

多分休日を利用して家族親戚で行楽に出かけているのであろう。言葉のアクセントから、広島か四国辺りの人であろう。

「そこを左の方に行きまして、約六キロ行きますと、分岐点があります、そこを左に曲がって真っ直ぐ行きますと福岡方面と書いた標識があります、それに従って行って下さい」

「福岡と書いた標識がねぇ、ありがとう」

「お疲れさまです、気をつけて行ってらっしゃい」

こうして道を尋ねられることは多い。そしてそれに応えるのは、収受員として、人のために役立っているという自負と、ささやかながら優越感と満足感を味わうものである。

子どもが手を振っている、高野も手を振りながら、どうかご無事でいい旅行を、と祈りながら見送った。

浄土からの妻への手紙

わしが俗世を去ったのはオイルショックのあった年だから、今年で三十五年にもなる。物がなくなるという噂が流れ、主婦が買いだめに走り、世の中は騒然としていた。

わしが四十歳、妻である君が三十二歳だったね、それに君のお母さんが五十五歳だったから、君の年令がもうその当時のお母さんの年令を遥かに越しているのだから、何か嘘のような気がする。

それでいて君も、そして米寿の祝いが済んで二年にもなる君のお母さん共々、肥る、肥ると、肥ることを気にしながら、今なお旺盛な食欲を示し、食べることに執念を燃やしているんだから、昔と少しも変わっちゃいない。

一緒に生活するようになったのは君が二十七歳、わしはもう三十五歳だった。五つも歳を誤魔化して結婚し、母娘二人だった君の家に住み込むこととなったが、共に生活をしたのは五年余りしかない。しかも左官と言う職種柄、元請けである親会社の現場が移る度に、隔地に出張することが多く、時には一ケ月以上も家に帰らなかったから、同じ屋根の下で共に暮らしたのは、三年にも満たなかったかも知れない。

人生は短い、その短い人生のまた何分の一かしか君との生活はなかったのに、俗世に存在した頃の思い出といえば、その殆どが君と生活した部分しかなく、それ以前のことは靄《もや》のかかった山を見ているようで、総てが定かではない。それほど夫婦の結び付きは深くまた確かなものなのかも知れない。

君との最初の出会いは、わしが親方に連れられて君の家に行ったのが始まりだった。晩秋の氷雨の降る、あれは寒い日だったね。わしは見合いなどとは知らず、無精髭を生やしたままだった。親方から少しは身奇麗にして来いよと言われていたのが、その時になって分かったって訳だ。

親方はマジマジとわしを見て、渋い顔をしていたが、やや諦め顔で、

「まぁいい、わしについて来い」と言われて着いた所が君の家だった。

年令はわしが自ら誤魔化した訳ではないぞ、親方がその日、

「お前は今三十歳だからな、そのつもりでいろ」と言われてその通りにしたまでのことだ。君が体重を誤魔化していたのと大差ない。

わしは過去何度となく見合いと言うものをして来たが、その都度、何かいやな思いばかりして来たし、見合いなんて煩わしくなっていた。それで親方もそのことを気に病んで、わしを騙し騙し君の家に連れて行ったことを、その後親方のカミさんから聞いたよ。

電車を降りて、雨の中を親方と肩を並べて歩いているところに、二本の傘を胸に抱きかかえるようにして、歩いて来る君を見たのが最初だった。

黒いスーツに純白のブラウスの襟が、君の色の白さを引き立てていたよ。その時君の家に見合いのために訪問しているんではないかと感づいた。

君はそのつもりでいたらしく、わしに気付くと、今まで見たこともないような優しい笑顔で迎えてくれたね。

君はわしを黒い服で迎え、そしてまた黒い服で送ったことになる。そしてその白い肌にわしが何度青ズミを入れたことだろうか。その都度、お前は鍛えの足りない怠け者の肌だからと、よく罵ったもんだよ。

そして最初に君を殴ったのが、新婚まだ三ケ月ぐらいの頃だった。今思えば総てがわしの我がままと言う奴だろうが、わしも随分無茶なまねをしたもんだよ。

朝になって、その日着て行くはずの作業着をどこにしまったか分からない。ついわしの拳骨が君の眉間に飛んだ、その弾みで君はよろけて、後ろの柱の角で頭を打ったね。ほんとにあれは殴ったと言うより、握拳で君の額を押した程度のつもりだったが、不意だったので結果はあぁなってしまったのだ、ホントに、ホントにそうだ……、仕事の仲間が車で迎えに来ているのに、君のあののんびりした顔が気に入らなかったのは確かだがね。

君は一人っ子、何をするにしてものんびりだったよな……それに対しわしなんか七人兄妹で、その中でもわしは中子と言う奴だ。家庭生活に於いても、常に生存競争の激しい環境の中で育っているから、生活に対する気構えが最初から違っている。

とにかくだ、朝起きて朝飯時から競争が始まるんだ。少しでもモタモタしていたら、味噌汁にもありつけないんだから、また晩飯時なんかうかうか他所見などしていようものなら、確かにあったはずの皿の上の物だって、ちょっとの隙に姿が消えているんだから、いきおい気構えだって違って来ると言うもんだ。

その内でも一番ひどかったあれ、覚えているかい。もちろん君の方が忘れようったって忘れられないだろうが……。

残業で遅く帰って、ほら晩酌に飲む酒の用意がしていないと言って、あの日はとても疲れて無性に酒が飲みたかった。でもないとなるとなおさら欲しくなるんだから、我がままなもんだよ。真夜中と言うのに君に買って来いと怒鳴った。しかしそんな夜更けに店なんか開いている訳がない。

君は何か別の物でと、色々気を使ったが、どうもわしは酒でないと気が治まらない。ついには奇麗に整えられたお膳を蹴倒し、砂利練りで鍛え抜かれたわしの腕っ節がほぼ水平に走った。不意を突かれた君はまともにそれを顔面に受け、太くて短い二本の足をおっぴろげて仰向けに倒れた。

その君に第二の拳固を構えた。その時は構えるだけで、直接行動に移るつもりはなかった。ホントになかったんだ。ところが君は素早く体を半分程起こし、憎々しい顔つきで、腕を面前にかざし防御の姿勢をとった。これがわしの癇にさわった。勝手なもんだ。わしは益々逆上して君の横っ腹にもう一撃加えた、正に殴る蹴るの乱暴だ。

その時飛び散った鼻血が、襖の表面に黒く付着して、暫くそのままにしていたね。あれは君の無言の抵抗だったんではなかったかと後になって思ったりしたよ。

あの日、君が《うぅぅ……》と唸なって胃液を吐かなかったら、もっとひどく殴ったかも知れない。後で恐ろしくさえなったよ。

あの日、君はわしの帰りを待って、晩飯もすませていなかったので吐く物もなく、出たものは胃液ばかりだったね。わしも随分無茶をしたもんだと後悔はするが、その時になると自制がきかなくなる。

仕事の現場で元請けの監督に契約以外のことで難題を押し付けられ、それを拒否しようものなら、外の面で色々と嫌がらせをされているが、型は違っても、わしも監督と同じことをして来た訳だ。

時にあの権力を嵩に、人を喰ったような態度の監督を、この鍛えに鍛え抜いた腕っ節で一撃浴びせてやりたいのだが、十三歳の時からお世話になっている親方のことを思うと、残念ながら何もできなくなる。

そして最後の乱暴は一人娘の夕子が満二歳になった頃だった。つまらんことで癇癪を起こし、わしが君に殴りかかろうとすると、夕子はまだオムツの取れない大きなお尻をむくむくさせながら、二人の間に分けて入り、君を守ろうとするような仕種をしたね。

ただそれだけなら偶然の仕種ともとれないこともない。しかしそれからと言うもの、わしの姿を見ると、何か怖いものにでも出会ったように、恐怖に満ちた顔で君にすがり付くか、君の姿がない時は、急いで襖の陰に隠れるんだ。そして無理に抱き上げようとでもすると、必死にもがいて逃れようとする。あれ程わしを慕っていたあの子がだよ、わしが添寝してやると安心して眠っていた夕子がだ。あれはわしにとっては大きな衝撃だったよ。母親は強いとも思った。あの日以来わしも君に乱暴を働かなくなったんだね。

でもほんとはそんなに暗い日々ばかりではなかったよな。夫婦の愛情だってまた同じく、そんなに殺伐としたものでもなかった。君はどう思っていたか知らないが、長期出張になる日の朝なんか、家を出るのが辛くて、いつまでも愚図ぐずしたものだった。でも反面ではいつも新婚気分でいられたような気もする。それに君のお母さんが一緒だったから安心だった。

あれは夕子が満一歳の誕生を迎えた頃だった。正月過ぎてお母さんを伴って家族四人で温泉に出かけたことがあった。

あの時、君は温泉に着くが早いか、夕子をわしに預け、温泉は肥満解消と皮膚にとっても良いのだからと言って、何度もお湯に浸かり、二日目の昼には母娘して湯あたりを起こして倒れ、医者まで呼んで大騒ぎしたことがあった。旅館には散々迷惑をかけたね。

その他わし等は新婚旅行と言うやつはしなかったが、家族旅行はよくしたね。夕子が生まれるまではお母さんと三人で……、若しわし等が新婚旅行なるものをしていたら、お母さんも一緒に連れて行ったかも知れないねぇ。だって式を挙げたのは晩秋だったが、それから何日もしない正月には、もう三人で温泉に行ったじゃないか。狭い部屋で君を真ん中に三人川の字になって寝たよなぁ。手出しなんか出来やしねぇ。だからと言ってわしが不満だったたって訳けじゃねぇ。あれでわしも満足だったよ。

しかしだ、わしが養子のように君の家に入り込むような形で新婚生活は始まったが、君はなかなかわしとは同衾しなかったねぇ。式を終えたその日の晩にだ、期待を膨らませて寝所に入ったんだが、君はお母さんの部屋で寝ているんだから、わしも、まぁ、今夜でなくても、明日はきっと来てくれるだろうからって諦めたが、次の晩も、その次の晩もだ、お母さんの部屋に入り込んだままだ。わしはイライラしたよ。お母さんが一緒でなかったら乗込んでゆく方法もあるが、お母さんがいたんではなぁ、わしは眠ることもできず悶々としながら、夜を過ごさなくてはならなかったんだぞ。外の弟子たちが言うんだな、

「新婚気分はどうだ、首尾よくいったか」なんてな、仕方がないから、

「お前たちも早く嫁さん貰え、そしたら分かるワイ」とな。

けれども実質、手付かずだ、でもよ、こんなことは親方にも相談できねぇし、どうしたもんかと一人で悩んでいたよ。

そして本願を達成したのは、同居して半月もしたころだった。

その日は都合で仕事は休みだった。外は雨だ。お母さんが急に外出することになった、だから家は君と二

人だけになった。

　コタツを中に君と向かい合いになった時だ。わしは急にムラムラッと来たんだ。お母さんも留守だし絶好の機会だ。この機会を逃したら後がないと思ったよ。

　君は大声こそ出さなかったが、かなり抵抗したねぇ、わしは思ったよ。これ、もしかしたら親方との義理で一応同居だけはしたが、結婚する意志はなかったのかもしれないとね。

　わしは砂利練で鍛えているから、力では誰にも負けない自信がある。わしにも後には引けない意地がある。必死に近い覚悟で君に挑んだよ。

　後で考えるとお母さんが気を利かせて外出したんではないかと……それでも最初の頃は同衾しようとはしなかったが、段々慣れてきたねぇ、そして次第に君の方が夜の来るのを楽しんでいたように思ったよ。

　でもよ、いくら新婚でも、毎晩というのはなぁ、男には辛いものがある。精一杯頑張ったよ。君の本心がどこにあったのか……。

　爾来どこに行くにも家族一緒だった。お母さんの居ない生活なんて考えられなかった。殊にお母さんは温泉が好きだったなぁ……夕子が生まれると今度は遊園地巡りだ。夕子はまだ歩きもしない内から、馬や電車の乗り物にあれこれ乗せてやっている。硬貨を入れると動く奴だ。で実際喜んでいるのは君とお母さんばかりだ。夕子は何が何だか分からず、キョトンとしていた。それでも家族皆んなが一緒だと言う喜びで仕合わせだったよ。君が何時も口にする《平凡が一番仕合わせ》の典型だった。今思い出しても懐かしいよ。

それにもう一つ思い出すことは、夕子がまだ生まれる前のことだ。わしが交通事故で入院したことがあった。

仕事現場に向かう途中、運転手が居眠りをして、道路の区分帯に激突して、車が横倒しになったことがあった。

わしは頭と胸を強打し、瞬間呼吸は吐くことも吸うこともできない、その内、頭から夥しい血が顔面を伝わって流れ落ち、目も開けられない有り様だった。

わしは出血多量で意識が朦朧としていく中で、君の顔を確かに見たのを覚えている。いや、それはわしの君を待つ渇望が、君の姿を追い求め、それが幻のようにわしの目に映ったのかも知れない。何故ならば、その時刻とその場所には君は来ていなかったんだから……気が付いた時、小肥りの丸っこい、しかし青ざめた君の顔がすぐ目の前にあったっけ……。

傷は前頭部に十五針の外傷と、肋骨を折る程度だった。が長い時間事故現場に放置されたままだったので、出血がやや多かったのと、内臓の圧迫がひどかったので、三日間は身動きも自由にならず、君が病院に泊まり込んで看病してくれたなぁ。

その後寝起きもかなり自由にできるようになったので、君は病院に泊まるのをやめたが、朝の内に家での仕事を済ませて、小一時間の道程を毎日通って来てくれたよな。そして病院の食事はあんたの口には合わないだろうからと言って、食事を毎日運んで来てくれた。そして君が病院の食事をわしの代わりに食べたっけ……それでも君はおいしいおいしいと言って全部食べていたね。

君はそれからの時間、用事もないのに十時過ぎの終電まで付きっ切りだった、時に、

「今日は早く帰るから……家に沢山仕事を残して来ているから」と言いながら、いよいよ最初予定していた時刻になると、

「この次の電車にしょうか」と言う、そしてまたその時刻になると、

「今度のにしよう」と帰る準備を整えておきながら、次々と時間をずらし、結局は終電に走り込むのが常だった。わしも、

「早く帰ってやれよ、お母さんが一人で待ってるぞ」と言いながら、いざ君が帰ってしまうと何かもの寂しくなって、君が病院の上履用に置いていた小さな丸っこい靴に、何かまだ君の温もりがありそうで、そっと持ち上げ、自分の病室に持ち帰ったものだった。

それからどのくらいの日数が経っていただろう、わしもすっかり回復し、後は日にちが薬の状態だった。

君はぽっつりと言ったもんだ。

「今が一番仕合わせ、あんたがここにこうして居る限り、あんたはもうどこにも行かないのだから……だっ

て毎日あんたが出て行った後、危険の多い仕事現場の事を思うと、私不安なのよ……今はその不安を抱かなくてもいいのだから安心」と。

その短い言葉には妙に実感があり、重くわしの胸に響いたものだった。それから四年後のことだ。君の不安が現実のものとなってしまったのだ。

弱冠三十三歳で未亡人になってしまった君に、親方が心配して再婚話しを持ち込んで来たね。それから二年余り後のことだ。

相手は親方の知り合いの大工の棟梁の下にいた、腕のいい三十六歳の職人で、非常に真面目で、酒も煙草もやらず、いや酒は仕事柄少しは飲めたが、飲んでも楽しくなる酒で、おとなしい男だった。

しかもその男は初婚で、わしもその男なら君も安心できるだろうと、大いに賛成もし、期待もかけた。そして残る俗世での仕合わせな生活を期待した。

こんな風に言うと君は、わしが恰好の良い強がりを言っていると思うかも知れないが、そこが俗世に存在する人間感情と、ただの理屈では表現できない浄土との違いと言うもんだ。幸い相手の男も、君との話しがうまく行くことを望んでいた。が男はあまりにも真面目で静かだったため、君は物足りなく感じたのか、親方の好意を断ってしまった。

あれは本当に惜しいことをしたよ。少し野暮ったく、気の利かない面も多分にあったが、男としての器量が大きかったのは確かだった。あれ程の男はそうやたらと世間に居るものではないよ。

それにわしに対しても少し気を使ったねぇ、気を使ったと言うより、いざ離別してみると、人間妙なもので、過去の楽しかった部分だけしか記憶に残らず、いや君はおそらくわしから受けた数々の乱暴など、意志に反した無理な離別からは、濁流も時間の経過と共に次第に清められ、やがては清流と化すように、それらのことが君の記憶の中では、むしろ浄化されたほのかな郷愁として存在するようになったのであろう。

二

一ケ月後、親方がわしの将来のためにと、給金から天引きして蓄えてくれていたお金をだ、持って来て下さったね、その時君は、

「お金なんか要らない、主人が生きて居て欲しかった」

と親方の前で泣き伏したね。あの言葉は親方にとって胸をえぐられるような痛みだったことを君は分かっていない。

わしが奉公にあがった十三の時から二十八年の長きに渡り蓄えてもらっていたんだから、かなりの額だ。

あの日親方はもう少し時間をおこうか、とカミさんと相談し、思案を重ねた末、あれ以来ふさぎ込んでい

る君のため、少しでも慰めになるならばと、やっとの思いで持って来て下さったんだ。なのに君はもろに自分の感情をぶちまけた。

君の気持ちが分からないでもないが、少しは配慮してやるべきだったよ。わしが逝ったと言っても、何も親方が悪いことをした訳でもない。それに親方は経済的な面ばかりではなく、君たちの今後の身の振り方についても、十分に意を注いでくれていたんだから、安心して任せておけばよかったんだ。

あの日の事故だって、総ては現場監督の責任と言ってもいい。事故の前日、足場を組む別の業者が、残業に残業を重ねても間にあわず、その旨を現場監督に仕事を一日延ばすよう連絡していたのに、現場監督はその連絡を失念したまま、翌日は休日でゴルフに行っていたんだ。上司と、招待ゴルフっていう奴だ、いい気なもんだ。

そう言えば以前こんな事があった。わしの弟分の弟子に煙草を買って来いって言うんだ。もう成人して妻子のいる職人にだぞ。わしは、

「行くな、止めとけ」と言ってやったよ。する監督の野郎、何と言ったと思う。

「俺にそんな口利いていいのか」って、だからわしも言ってやった。

「タバコが吸いたければ、テメェで買って来い」とナ。

すると野郎、他にも幾人か業者が居たものだから、面子をつぶされたとでも思ったんだろう。

「お前、職人のくせして元気がいいな、俺にナメた口利いて」と言う。だからわしも、「テメェのような薄汚ねぇ野郎がなめられるか、胸が悪くなるワイ」と言ってやったよ。すると野郎、怒りやがって、

「お前、どこの仕事をしていると思っていやがるんだ」と言うから、

「施主の仕事をしているんじゃや、テメェも一緒じゃねぇか、テレッとしている野郎のタバコなんか買って来る暇はねぇ、仕事の邪魔するな！」と言って、コテ板に砂利を叩きつけたんだ。すると野郎慌てて逃げやがったよ、その拍子に足引っ掛けて、ひっくり返り、肱をすりむいたよ。口程もなく。

ところでよ、わしもそれとは知らず、まだ固定されていない足場に上がったのが運の尽きと言うもんだ。君も知っての通り、左官屋は朝が早い、殊に冬は日が短いから、まだ夜の明けない内に家を出て、夜明けと共に仕事に掛からねば、たちまち日没となってしまうし、左官屋は明るい内でないと良い仕事はできないのだ。

あの日現場にはまだ誰も来ていなかった。わしは仕事に掛かる前、いつもの習慣で、まず今日の現場を見ておこうと思い、ひょいと足場に上がった途端、足元が何と無く頼りない、そう思った瞬間、目の前の景色が斜めに傾いた。いけねぇと思いすぐ横にあった棒に必死に掴まったが、その棒もわしについてきやがるから、何の足しにもならない、慌てて元に戻ろうとしたが、今度は足が骨組みの鉄棒に引っ掛かって動きがと

れねぇ。そのまま真っ逆さまだ。

わしはひょっとすると、これで死ぬかも知れないなと思った。そう思うと君と夕子の顔が同時に浮かんだ。君は卓袱台の前で何か満足そうに食っている顔だ。夕子は先日の三歳の誕生日の折り、君が誕生祝いにと言って、赤い布で誂えた肩から掛ける手提げを、前に下げてもらってニコニコしている顔だ。

わしは落ちてゆきながら、いやわしはまだ死ぬ訳にはいかないないなと思いながら、ふと上を見ると、いや真っ逆さまだから実際は下方だ、地上がどんどん近付いてきやがる。早く何かに掴まろうと、手足を伸ばすが誠に頼りがない。端から見るとさぞかし滑稽であったろうと思う。

次の瞬間、肩をしたたか殴られたような痛みを感じた。三階の足場で肩を打ったんだ、そこで大きく一回転して、地上に落ちたのは背中からだった。瓦礫の上だ。

翌日の新聞、俗に言う三面記事にだ小さく載ったね。

《建築作業員ビル八階から足場を踏み外し転落即死、滝熊五郎四十歳、云々……》と。

わしはれっきとした左官なのに作業員と書いてあったのはいささか不満だった。それに即死としてあったが、わしは即死ではなかった。ちゃんと意識はあったんだ。

体全体を固いムシロのような物で打たれたような心地がしたが、さ程の痛みもない。なにこれくらいなら仕事だってできる。そう思って起き上がろうとしたが、手足に全く力が入らない。仕方がないからじっとしていた。そしたら体全体が軽くなり、何だか暖かくさえなってきた。あの日はひどい霜だったのによ。段々気持ちが良くなって、まるで春最中に野原の草の上に寝転がっているみてぇだ。遠くの山が春霞の中に浮いたように見えたよ。よく見ると故郷の山だった。懐かしい故郷の山だ。君達とはまだ出会わない前に馴れ親しんだ山だ。おやじとお袋、それに弟や妹の姿もあった。

わしはあまりの心地良さに眠くなってきた。そして今日は仕事を止めにして、このまま眠りたいと思った。でもここで眠る訳にはいかない。そうだ今日はこれから家に帰り、一日ゆっくり眠った後、明日にでも君と夕子を連れて、故郷の野原にでも出かけよう。わしの故郷を知らない夕子はきっと喜ぶに違いない。ここ何ケ月も休みなしで仕事ばかりしてきたから、たまには休みを取って家庭奉仕するのも、また楽しいかも知れない。

そう思うとわしは何だか、この上なく嬉しくなった。一度連れて行ってやろうと思いながら、いまだに果たしていなかったからな……。

家から一時間余りあった道程のどこをどう通って帰ったかは、いまだに定かではないが、今残っている記憶は、勝手口はいつもと変わらずひっそりしていたと言うことだ。でわしはおもむろに戸を開けて、部屋の中を覗いたんだ。すると君も夕子も物音に気付いたのか、一瞬振り向いて怪訝そうに見ていたよ。でもわしに気付かないのか、君は相変わらず満足そうに何かを食っていた。夕子は赤い手提げを肩から斜に提げてもらってニコニコしていた。さっき見た風景はまさにこれだった。

わしは今朝家を出たばかりなのに、何日も、いや何カ月も、いやもっと長く何年振りかによ、やっと懐かしい我が家に帰りついたような心地だった。でわしは夕子を一番先に抱き上げようと思い、

「ゆう！　ゆう！　夕子のちゃんはここだ！」と言った。すると君も夕子も再び振り返り、じっとわしを見詰めていたよ。でもわしが目に付かないのか、そのまま素知らぬ振りだ。でわしはもう一度、

「ゆう！　ゆう！　夕子のちゃんはここだ！」と必死で呼んだよ。でも夕子も君もそれきりだ。それから先はわしにも総てが判然としない。君の知っての通りだ。


あれから三十年余り経た今も君の食欲は少しも変わっちゃいねぇ。

君が百貨店に行くと先ず最初に行く所は食品売り場だった。そこの試食用に出してある食品をあれこれつまみ、食評論家の如く《これはこくがあっておいしい、これもさっぱりして味付けがよくできている、あれは塩加減が頃合いよく飽きない》と言いながら食べ歩き、色々と評論を加える、が君の口にかかったら不味い物はなく、総てがおいしいのだから、不思議な舌である。そして一通り回ったところで、

「あぁー、お腹一杯になった」と言って、やおら他の売り場に行くのが常だった。そして殊に高級品売り場を重点的に見ては、事細やかに品定めをして、嘆息したり、頷いたり、感心したりしながら飽きもしない。

わしは君が果たして何を買うんだろうかと、夕子を抱っこしたまま辛抱強く待つが、一向に決まる気配はない。そして閉店時刻が迫った頃、君はやっと急ぎ足で特価品売り場に行き、お買徳品って奴を色々買い込んで帰るのが常だったが、今もその癖は変わっちゃいねぇようだ。わしはうんざりしながらもよく付き合わされたもんだったよ。

君の食いしん坊振りといえばこんな事もあったなぁ、ほら夕子の離乳食が始まって暫くした頃だ。もう寝かせ付けようとするが泣いてなかなか寝ようとしない。熱を測っても平熱だし、体のどこかに何かできているのかも知れないと思い、裸にして調べてもこれと言って何の変化もない。抱いてあやしても一向に泣きやまない。途方に暮れてもうこうなったら医者に連れて行くしかない。そう思い台所で出掛ける準備をしていると、夕子の奴、そこにあった鍋の蓋を押し開けて、大根煮しめの中に交じった、赤いニンジンだけを手掴みで幾つも幾つも口に運んで食べたことがあった。

お腹が空いて寝るにも眠れなかったんだ。と言うのも君は夕子に離乳食を与えはしたが、子どもは大人のようには早く食べることができない。殊に嬰児は遊びながら食べるもんだ。君が匙で夕子の口に運ぶ、が夕子はまだ口をモジャモジャしながら呑み込んでいない。だから待つのももどかしい。そこで君は自分の口に運んでしまう。それで子どもはまだ殆ど食べてはいないのに、所定の量がなくなると、自分の方が満足し、あたかも子どもも満足しているかのように錯覚してしまっていたんだ。以前にも何度かむずって、なかなか寝付かない事があったが、その時もあるいはお腹が空いて、寝付かれなかったのかも知れないと、後で思ったりしたよ。気の毒なのは夕子だよ、全く。

そんな食いしん坊の君が、わしの事故以来すっかり食わなくなった。夕子を膝に泣いてばかりだ。夕子は下から見上げて怪訝な顔してたぞ。今まで親方やカミさんくらいしか来た事のない家に、大勢の人が集まったもんだから、急に賑やかになり、夕子はむしろ喜々としていたくらいだ。夕子には人の死というものが分かってはいないんだから、ましてわしは日頃からあまり家に居なかったから、こんなもんだったろうが。

それでも一ケ月余りすると、夕子にもわしがいなくなった事に、ある種の疑問を感じるようになったんだろう。

「ちゃんはいつ帰って来るの」と君に問いかけながら、ただじっと勝手口の方を見詰めたりしていたが、子どもなりにわしの帰りを待っていたんだね。

それで君も人間の死をどう説明したら、この頑是ない夕子に理解させられるだろうかと苦慮していたね。

これが君だったらまだ大変だった。朝起きる時から夜寝るまで、何をするにも一緒だから悲劇と言うもんだ。

新聞の囲み欄にいつか載ってた、ほら四歳と五歳位の子が母親を亡くして、お母さんを探すんだ。仕方がないからその子の叔母が、

「お母さんはね天国に行ってお星様になったのよ、夜になったらキラキラ光るあのお星様に」と説明するんだ。するとそれからは夜星が出ると、毎夜々々星に向かって、「お母さーん、お母さーん早く帰ってきてよ」って呼ぶんだって、悲しいじゃないか。でもそんな悲しいことも総ては時が解決してくれるもんだが……。

夕子も同じことだ、三歳では記憶にも残らんだろうし。写真で私のお父さんはこんな人だったの、と言う位のもので何の感傷も残らんだろう。

夜寝る時添い寝してやると、決まってわしのざらざらに伸びた顎髭を、小さな柔らかい手でまさぐって、わしであることを確かめた上でやっと安心して眠りに入っていたが、結果は同じだ、それでいいんだ。

三

「私は生きるために食べるのではなく、食べるために生きているのだ」と言うのが君の持論だったが、あの日以来すっかり食べなくなった。白豚を自認していた君の体重も五キロは減ったね。その君がわしの遺影を見ては、ボロボロと涙を流しているんだから、外の者が見たらさぞかし滑稽に見えただろう。

その遺影に使う写真だ。日ごろから写真を撮るのが苦手なわしだ。いい写真なんかあるはずがない。通夜の日、散々探した揚げ句、ほら夕子が二歳の夏、高原に家族で行った時の写真がやっと一枚見つかった。肩にタオルを掛けただけの真っ裸で、まさに振りチン姿の写真だ。

川べりで夕子の相手をしてやっていたが、猿股まで濡れてしまい、着替えようと脱ぎ捨てたところを、君が真ん前から撮った写真だ。

君はもっといい写真をと言ったが、これといった適当な写真がない。それで親方が、「これが一番熊さんらしいワイ」と言って決めた。

こんな写真を一体どうするんだろう、まさか振りチン姿をそのままを額縁に収められるんではないかと、わしも少し心配だった。ところができ上がった写真は、何とわしには覚えのない紋付まで着せられている。しかし髭はモジャモジャのままで、目だけがギョロリとした、まさに熊の顔写真だ。熊が紋付きを着ている姿はさぞ他人には滑稽に見えただろう。が会葬に来てくれた人は鹿爪らしく、生真面目な面持ちだった。

君が本来の食欲を取り戻したのはそれから一年余りした頃だ。蛾眉細腰とまではいかないが、体型もせっかく良くなっていたのに、それも元の木阿弥、旧に倍して肥った。

それもそのはず、今まで食べなかった分を取り戻すような食いっぷりに、体重は一挙に五・六キロは増えたんではないかと睨んでいる。君が働きに出だしてからだ。

親方は夕子のこともあり、まだ働かせたくはなかったんだが、君があまり熱心に望むものだから、親方も君の気が紛れるならそれもいいかも知れないと思い、奇麗好きな君の性格に合った清掃会社に世話しようとした。

完成した建物や設備をいよいよ施主に引き渡す時、奇麗に清掃し、すぐにでも使用できるようにすることを専門にした会社だ。女の仕事にはうってつけのいい会社だ。

それにこの会社は親方が、最も信頼している友人の一人が経営している会社で、時間的にも場所柄も、そこなら親方の目も十分行き届き、安心して任せられると言う計算があったからだ。

けれども君はこの会社に行くのを嫌って、何処の誰だか分かりもしねえ野郎の世話で、大きな旅館だかホテルだか知らねぇが、そこの皿洗いに入った。

時間給でそれは自由は利いたよ。だがよ、段々仕事の範囲や時間は曖昧になり、部屋の掃除から布団敷き、後には給仕までだ。若干収入は多くなったかもしらねぇよ。だが家に残してきたお母さんや夕子のことを、もっと考えるべきだったたね。殊に夕子はまだ四歳だ。家族同然の親方もまだ健在だし、生活費のことなど深刻に考えなくてもよかったんだ。親方にもちゃんとした君の身の振り方も胸中にはあった。なのに君は勝手に一人歩きを決め込んだ。その結果君は一生を悔いる原因を作ることになった。

最初の頃は朝から昼過ぎまでの時間だけで家に帰られたから、子どもにも十分手が行き届いていたが、旅館側の要望で、後には深夜の日さえあるようになった。頑是ない幼児をおばあちゃんに預けたままだ。

かわいそうなのは夕子だ。わしがいなくなって、君を慕う気持ちは一段と強くなっていた。もちろんおばあちゃんだって相当に夕子に目を掛けていたよ、でも子どもという奴は母親でないと、満足できない部分がどうしても残る。母親の愛に包まれ、見つめられて初めて性格の安定した子どもが育つというもんだ。それ故に母親なんだ。

頑是ない夕子がよ、昼間は諦めているが、夜になると君の帰りを今か今かと待っている。そして時計を人並みに見ているんだからね、もちろん四歳の子どもに時計など分かるはずはない。がおばあちゃんが君の帰りを待ちながら、いつも時計を見るもんだから、夕子もそうしたんだ。ただ感覚として時計の針がある一定の形になったら、お母さんが帰って来ると言う淡い期待感があったのかも知れない。

夜になっておばあちゃんに寝かせつけられる時、仰向けになりながら虚ろな眼差しで、柱時計にじっと目を向けている、が満たされないまま、うとうとと眠りに入りかかる、その時ふと人の気配がすると、「あっ……お母さんだ」という期待感で辺りを見回す。しかし君の姿はどこにもない。それを何回となく繰り返すが、その内諦めと疲れで子どもらしく眠りにつくのだ。もちろんわしが添い寝してやっていたことだって以前は度々あったよ。だがそれは君の姿が何時もそこらにあったから、それだけで安心して眠ることができたのだ。

四歳の子どもに母親以外に何が信頼できる、母親が総てなのだ。

四

人間、俗世に存在する限り《色気と食い気は消えせない》と言うが正しくその通りである。

お母さんはもう数えで九十歳を過ぎたのに、朝起きて洗面を済まし、入念に化粧を済ます迄は、決して人の前に姿を見せないばかりか、手の指からはいまだに指輪を外すことをしないでいる。

そしてまた君にも再び春がやって来た。夏の最中に春が来るとはおかしな話しだが、猫と違って、人間の春には季節がない。

相手は時々ホテルを利用する客で、いつも背広を着込み、一見紳士然とした自称独身社長と言う野郎だった。

君の春はたちまち燃え上がり、胸の焦げつくような夏を迎えるが、それも束の間、やがて二人の間には秋風が吹き始める。そして瞬く間に凍てつくような厳しい冬の到来だ。奴は社長でもなく、独身でもなく、妻子持ちの詐欺師だったんだ。

君に儲け話があると誘い、なけなしの金を次々と出させ、もうこれ以上出ないことが分かると、君の存在が鬱陶しくなり、暴力という手段を用いて君を遠ざけた。

金の切れ目が、縁の切れ目の典型だ。世間を知らないとは言いながら、選りによってよくもあんな性の悪い結婚詐欺師の男に騙されたもんだよ。

常に身だしなみを整え、言葉でカッコいい事ばかり言う人間に概ね立派な奴はいねぇもんだ。君は知らないだろう、親方の持って来て下さったお金の、約半分を渡した時、奴はあっちを向いてペロリと舌を出して笑っていたことを……。

前にも触れたが、弱冠三十三歳余で未亡人になった生身の君を、親方はそのまま放置するはずはなかったのだ。ことある毎に条件の良い相手を見付けては、親方は君を再婚させようと、大変な気配りようだったんだ。なのに君はそれに逆らった。君は親方の言うことよりも、奴の方を信用したんだ。よりによって悪い男と係わりをもったもんだ。

総てを親方に任せておけば、一人っ子の夕子を失うような悲しい目にも遭わずに済んだものを……人間悲しい目に遭う程辛いものはない……だからと言って今更君を責めるつもりはない、少なくとも君にあれ以上の悲しい目には遭わしたくはなかったんだ。そして君も再婚することなく、とうとう六十七歳という年令になってしまった。

その君がお母さんとコタツを中に向かい合って、満足そうに何かを食っている図は四十年前と少しも変わっちゃいない。

つい二・三日前のことだ、近所から買って来た焼き芋をだ、大きな皿にのせて二人で昼飯代わりに食っていたね。そしたら最後に大きいのが一個残った。君はそれを包丁で二つに切り、一個をお母さんに与え、半分を自分のにした。お母さんは更にそれを三つに切り、一個ずつゆっくり食べていた。しかし君は昔から食べるのが早い。君が食べ終わっても、お母さんはやっとその内の一個を食べ終わったくらいだ。君の視線が盛んに残る皿の芋に注がれている。果たしてお母さんが二つ目を手に、窓外の景色に気を取られている隙に、君の手が残る一個の芋に素早く伸びた。そしてアッと言う間もなく君の口の中だ。

それとは気付かず、お母さんは窓外に目を向けたまま、手探りで残りの焼き芋を求めている。がそこにあるはずの焼き芋が手に当たらない。そこでお母さんはやっと皿に目を戻す、そして焼き芋がもうないのに気付くが、君が横取りしたことには、気付いてはいない。お母さんは何となく物足りない気持ちを残したまま
それで終りだ。

ある時は一つのものを母娘して奪いあい、またある時は仲良く分けあい、時には一つの物を譲りあいながら、共に満足そうに食っている姿はほほえましく、如何にも長閑に見えるが……。

若い頃は夢に生き、老いては思い出に生きると言うが、君の生活も今は思い出の中の生活で占められているね。

今更振り返っても何の足しにもならんが、考えるのも無理じゃぁない。そしてその大半が四歳余りまでしか一緒に暮らせなかった夕子のことだ。誕生日が来る度に、

《あぁ、夕子がいたら七歳になるね》とか《もう成人式を迎えるのね》とお母さんと話しているが、描く夕子の姿は頑是ない四歳半の時のままだ。それ故に尚更可愛いく感じるものなのかも知れない。わしとて同じことだよ、わしが長期の出張から帰ってくると、夕子の奴はいつも決まって知らない人でも来たみたいに、恥ずかしそうに襖の陰に隠れるんだな、そして襖の隙間からほんの少しだけ顔を覗かせながらニコニコ笑ってやがる。それがだ暫くすると慣れてしまい、夜にはわしのあぐらをかいた膝の上が、自分の居場所みたいに当然のような顔して、ちんまり収まっているんだから。

夕子は土を捏《こ》ねてだんごを作るのが好きで、わしも何度も手伝わされたが、形の良いのができると、「これはお母さんのだ」と言って別の場所に確保するんだなぁ、君の方が夕子の性格は良く知っていると思うが、実に気の優しい子だったよ。

今も浄土にいるが、四歳の頃の姿のまんまだ。君が手作りで誂えてやった赤い手提げのどこがあんなに気に入ったのか、いまだに肩から斜に懸けてうろうろしているよ。手提げの中に何が入っているのか、わしにも分からんが……そして何処に何んの目的があって歩いているのかさえ、わしには分からん、ただいつも楽しそうにニコニコしているよ。

夕子が俗世を去ることとなった日のことは今も君は良く知らないだろう。あれは梅雨明けの蒸し暑い日だった。正しく油日照りだ。

夕子とおばあちゃんの二人でおとなしく家にいたのは良いが、暑い上に昼食にはしこたま塩の利いた天婦羅を食べたものだから咽が渇く、それでおばあちゃんが近所の駄菓子屋から安っぽなビニール入りの氷菓子を沢山買って来て夕子に与えたんだ。それでなくても子どもは冬でも冷たいものを好むもんだ。その揚げ句に二人して縁側の涼しい所で二の字を作って昼寝し、お腹を冷やしたんだ。そんな毎日で夕子は消化器官を弱くしていたんだなぁ。

おばあちゃんは一時間余りで目が覚めたが、夕子はまだ良く眠っているもんだから、そのまま近所に夕食の買い物に出掛けたんだ。

夕子も普段だったらたいてい一緒に起きだして来るのだが、まだ黙って横たわっているものだから、仕事に専念していたんだ。

そして夕方になってもまだ起きてこないものだから、そっと夕子の様子を見に行ったんだ。すると目は覚ましているが、トロリとした目つきで何時ものような元気がない。不思議に思って額に手を当てたら、夥しい熱だ。自家中毒症だったんだ。普通だったらこのへんで大変だと気付くはずなのに、その頃から幾分認知症気味だったもんだから、お腹が空いて元気がないのだろうとしか考えなかったんだ。そこでおばあちゃんは念入りに卵入りのおかゆを作って与えていたんだ。

もちろん夕子は箸を付けるはずもない、そのまま蝿の餌になっていたんだ。だから痙攣を起こしてから、長い夏の陽が西に沈むまでの間、水枕だけはしてもらっていたが、外には殆ど手当らしい手当もないまま、ほぼ放置の状態だったんだ。

夕子は待っていたぞ、相当苦しかったんだろう。そして君さえ帰って来てくれれば、その苦しみを取り除いてくれるものと信じていたんだね。このことは前にも書いたが、子どもにとっては医者よりも何よりも母親なのだからねぇ。

けれど残念ながら君が家に帰った時は手遅れで、既に夕子には意識すらなかった。

世間では死を直前にした人の呼吸を虫の息と言うが、そんな穏やかなものではない。呼吸は荒く凄まじいばかりだ。あの優しい汚れなき顔を波打たせながら、まるで死から逃れようとする人間のあがきでもあるかのように激しいものだった。

そんな状態がどのくらい続いただろうか、とても見られた様子ではない。母親だったら自分が身代わりになるから、子どもを楽にしてやって下さいと、必死で祈っただろう。

時の経過と共に呼吸は益々激しくなり、やがてその間隔も間遠くなる、そして次にはあらん限りの力を振り絞り、空気を胸一杯に吸い込み、やがてゆっくりと惜しむように静かに吐き切るとそれが最期だった。それきり彼女は再び空気を吸うことをしなかった。

あの時夕子は意識のないままでも君の帰りを待っていたんだ、きっと……そして君の姿を確かめて安心したんだよ。

君は既に事切れた夕子を両手で揺り起こしたが、一旦事切れた人間が再び反応するはずはない。それでも執拗に揺り起こす君の姿は、実に痛ましい限りだった。

その夜、君は既に体温のなくなった夕子をしっかり抱いて、一睡もせず夜を明かしたね。暖めたら、生き返ると願って……。

それから送り出す時だ、皆もてこずっていたぞ。今更どうしょうもないのにだ。

サルには死という概念はないそうだ、だから自分の子が死んでも、サルの母親はその亡き骸を手放さず、いつまでも持ち歩くんだって、そして段々腐食して骨だけになっても、まだ手放さないという話を聞いたことがあるが、もしも人間に火葬という習慣がなかったら、君もそうしたに違いない。

でも小さな棺に収まった夕子の顔は実に穏やかだった。母親の愛情を一杯に受けて育った者だけにしかない笑みさえ湛えた実に美しい表情だったねぇ。ほんの束の間の俗世での生涯だったが、夕子はきっと仕合わせだったんだよ。何よりもあの美しい穏やかな表情が如実にそれを物語っていた。

そして三十四年だ。今は時代も昭和から平成に代わって既に久しい。

夕子が四歳半で、短い俗世での存在に別れを告げてから後、君たち母娘はわしと出会わない前の二人生活に再び戻ったわけだ。変わったのは悲しい思い出を二つ加えただけだ。

君もホテルでの皿洗いを辞めてからは、昼間だけのスーパーの雑役婦、ビルの清掃婦、大工の下働きと、色々やったが、そうまでしてなおも生きて行かねばならないとは、人間も因果なもんだ。

だが俗世で正直に、そして素朴に生きた人は、浄土が優しく迎えてくれるもんだ。

浄土には四苦もなければ八苦もない、常に平穏な心で居られると言うもんだ。また浄土には冬もなければ、暑い夏もない、君の好きな花も沢山あり、常に春の心地だ。

それに対して俗世で悪事をはたらいた者は、皆んな地獄に落ちるんだ。殊に自称独身社長と称して君を騙した野郎だ。奴は俗世で手当たり次第に女を騙し、良心のかけらもない男だったが、そのかどにより地獄に落ちているよ。餓鬼、畜生にも劣る所だ。

浄土にはわし等にあれ程、愛情を注いでくれていた親方もカミさんも一緒だ。同じくわしのおやじやお袋も仲良く、実に楽しそうだ。そんな人達にも逢えると言うもんだ。

やがて早かれ遅かれ、お母さんも俗世を去ることになる。そしたら君は天涯孤独の身となる。でも少しも心配することはない。

親子の契りは一世だが、俗世で結ばれた夫婦は二世の契りなんだ。だから君とまた一緒になれると言うもんだ。お母さんにはわしがついに俗世では逢う事のなかった君のお父さんが待っているよ。君と初めて出会った時、わしがそれまで見たこともないような、優しい笑顔で暖かく迎えてくれたが、今度はわしが君を暖かく優しく迎える番だ。そして今度こそ本当に、本当にだ、仲良く、仲良くしようよ。夫婦の契りは、永久《とわ》に、永久《とわ》に続くのだから……。

俗名　熊五郎

初　殿

実の虚と虚の実感

休日明け、次郎がいつものように出勤した時、全員が歓声と拍手で迎えた。

次郎にはその理由が分からず、ポカンとしていると、同僚の一人が手許にあった新聞を広げながら、次郎の前に差し出したのだ。見ると地域版のほぼ中央に、優勝を称えて市長旗を授与されている凛々しい次郎の姿が、写真入で掲載されていた。

それは市の体育協会が主催し、新聞社が後援する社会人野球大会で、地域に所在する各種団体や企業を交えての市長旗争奪野球大会の結果を報じた記事であった。

四十余りの団体が参加して、試合は九月初旬から始まり、秋の体育の日に最終優勝戦ができるように計画されていた。

試合はトーナメント形式で行われ、次郎が所属するチームは予選を順調に勝ち進み、最終優勝戦まで勝ち残っていたのだ。

その優勝戦で、次郎のチームは対戦相手に最終回の表まで、四対一と三点差をつけられて迎えた最終回裏、ツーダン満塁という状況で、エース・ピッチャーでありながら四番打者でもあった次郎の打った球が、左中間を高々と破り、それが逆転さよなら満塁ホームランとなって、まさに絵に書いたような劇的な逆転優勝を果たしたのだ。

ホームランといっても打球が柵を越えて、外野観覧席に飛び込んだわけではない。が市営の硬式野球でも使われる球場であるから、とてつもなく広い。白球が左中間深いところを転々とする間に、次郎は三塁ベースを蹴り、本塁へ走り込んだのであるが、その時、二塁手を経由して本塁へ送られた球が、やや左に逸れたため、捕球しようとした捕手が、本塁ベース上でやや左に動いたため、勢いよく走り込んで来た次郎と正面で激突して共に転倒したのだ。

次郎はその衝撃で仰向けに倒れたまましばし動かなかった。がそれも一瞬、むっくり起き上がり、四つん這いになりながら、自分で念を押すかのように本塁ベースを手で押さえたのだ。そこで審判が、「セーフ」の意思表示をして試合はゲームセットとなったのである。

やがて歓喜するチームの同僚たちに、揉みくちゃにされながら迎え入れられたらしいのである。

らしいというのは、次郎はその時の状況を全く記憶していなかったからだ。

更に《最終回に逆転のさよなら満塁ホームランで優勝を決める》として次郎の名前が大きく紹介されているのだ。

優勝を決めたその日の祝勝会でも、次郎はみんなから賞賛され、また散々冷やかされながら、共に祝杯を挙げて喜びを分かち合っているのだ。

ところが次郎にはそうした晴れがましい技を成し遂げたこと自体全く記憶になかった。

試合後、帰宅してからも通常の生活と変わりなく、年の離れた弟、妹とも談笑し風呂にも入り、就寝しているのであるが、それすらも全く次郎の記憶には残っていなかった。

確かなのは、その日の朝、野球のできるようにユニホームに着替えて、バイクで家を出たまでの記憶はあるが、それ以降の記憶は濃霧の中に消えたように、バイクをどこに乗り捨てたかさえ分からない。思い出そうとしても、総てが判然としないのだ。

つまり二十四時間という時間内にあった事象総てがポッカリと穴が空いたように抜け落ちているのだ。

その後、忘年会ほか、事あるごとに、試合でのヒーローとして、あるいはむっくりと起き上がり、四つん這いになって本塁ベースを押さえに行った時の状況などが話題になるが、次郎には少しも現実感や満足感はなかった。新聞に掲載された市長旗を手にした我が勇姿を見ても、狐に抓まれたような感覚で、どうしても実感がなく、自分とは結び付かないのだ。

次郎は何らかのきっかけを掴めば、あるいは記憶が蘇るのではないかと、色々模索したが、空白の埋まることはなかった。

（二）

写真から九条小夜の姿が消えている。

次郎が手にした中学校卒業記念集合写真から、小夜《さよ》の姿がないことに気づいたのは、あの華々しい活躍で市長旗争奪戦に優勝を果たした翌月の十一月だった。翌年一月に行われる同窓会の準備作業の席上で、小夜の消息に触れたのがきっかけだった。

その写真には次郎と小夜が最後列の中程に並んで写っていたのだ。次郎はこれまで折に触れては、写真の中の彼女を見てきたはずではないか、それがここに来て忽然と小夜の姿が消え、その部分だけがポッカリ穴が空いたように空白となっている。

つまり男女がそれぞれ左右に分かれ、男子生徒の右端にいた次郎と、女子生徒の左端にいた小夜が並ぶ形で写真に納まっていたのだ。

次郎は空白となった部分を手で触りながら、ここへ来て何ゆえに消えたのか、そして何が原因だったのかを漠然と考えた。

けれどもその原因も、小夜がそこに写っていたという痕跡もなく、削り取ったような形跡もなかった。

次郎は他の写真と勘違いしているのではないかと、中学時代、そして高校時代のそうした集合写真をあれこれ探しては見るが、どうしてもそれに該当する写真が見当たらないのだ。

九条小夜は中学二年生の春、他校から転入して来た女子生徒である。教室で他の生徒達の前で名前が紹介されたが、どこから転入して来たのか、また住まいがどこなのかについての説明はなかった。そして小夜は指定された窓際に近い後ろの席に着いた。

次郎は廊下側の一番後ろの席だったため、小夜のその後の様子を観察するには、どちらかといえばあまり都合のよい場所ではなかった。けれども透けるような色の白さと、すっと伸びた体型と、憂いを内に秘めたような容姿に、次郎は強い印象を受けていた。

九条小夜は成績優秀な生徒だった。けれども自らを誇示するようなところは少しもなく、他の生徒が先を争うように手を上げて、先生の質問に応えようとするのに、小夜は決して自らは手を上げたりはしなかった。けれども指名されるとよどみなく正確な答えを返していた。

中学生といえば、まだ男女を問わず元気ハツラツで、活発に動きまわり、群れをなしてお喋りに明け暮れるのが普通であるが、小夜は他の生徒との交わりも少なく、一人静かに時を過ごすという風情が見受けられた。

そうしたこともあり、小夜は決して目立つ存在にはならなかった。いや、それゆえに次郎には返って印象深く刻み込まれたのかもしれない。

やがて夏休みとなったが、次郎は野球部に所属していたので、毎日登校しては練習に明け暮れた。けれども次郎はそれまで事細かに観察し続けていた小夜の姿が見られなくなったこともあり、何か物足りないものを感じていた。

そして夏休みも半ばを迎えた頃、お盆も迫ったということもあり、野球の練習もひとまず中休みとなった。

そうした中で、毎年街で行われる恒例の行事である花火大会が開催される日のことである。

次郎は仲の良い友達と三人一緒に花火見物に行く予定にしていたが、他の二人に急遽不都合が生じて、その日は次郎一人になったのだ。

花火大会は恒例のことであるから、次郎は花火が良く見える場所を知っていた。

次郎はやや薄暗くなりかけた頃、花火大会が行われる川原への小道を一人歩いている時だった。他の見物客に交じって、背丈のすらりと伸びた浴衣姿の女性に出会ったのだ。それは予想もしなかった九条小夜だった。手にはウチワさえ携えて夕涼みの風情である。

次郎と小夜は、それまで教室で一緒に過ごしていながら、直接には言葉を交わしたことがなかった。なのに次郎は夏休みという解放感も手伝い、

「花火見」と気軽に声を掛けることができたのだ。

それは一つには小夜の、次郎に向けられた優しい笑みがあったからかもしれない。

「えぇ」

「一人で」

「あなたも……」

「ウン、一人」

それを聞いて、小夜は更に親愛の情を込めた表情で、

「あたしも」と言ったのだ。次郎は、
《そしたら、あっちに》とでも言うように、言葉にこそ出さなかったが、指で行き先を示した。それは明ら

かに小夜を花火の良く見える場所に案内したいという意思表示だった。

次郎は後ろに従う小夜の足元に気を配りながら、いつも花火見物の場所として決めている所へ急いだ。そこは次郎がまだ幼かった頃、母淑子に連れられて行っていた場所だった。

花火大会が行われる川辺の小道は、徐々に人出も増えだし、次郎は人をかき分けながら進んだ。そこは高さが腰ほどもある大きな岩の上だった。既に先客が居て、花火の上がるのを待っていた。

次郎は身軽に岩上に上がることができたが、普通でさえ淑やかな小夜には難しい。ましてや小夜は夕涼みの浴衣姿である。

次郎には幾分戸惑いがあったが、ここまで連れて来ていながら、それで放置するわけには行かないものがあり、小夜のために手を差し出した。

小夜は恥じらいながらも素直に手を出し、膝を折りながらも、全体重を次郎に預けるような格好で岩の上に登った。小夜の手は冷たかったが柔らかだった。

辺りはすっかり暗くなり、花火が上がりだしたころは、周囲はもうかなりの人だかりで一杯になっていた。

岩上は平らではあるが、それほど広くはない、少し油断すると人に押されて落ちる危険さえあった。

次郎は両足をしっかり踏ん張り、小夜を守るべく、後ろから小夜の浴衣の帯を握り締めて支えた。小夜もまた次郎の腰のベルトをしっかり握り、人の動きにつれて不安定になる自身の体の安定を図った。それはあたかも仲の好い幼き兄妹のような風情があった。

花火は遥か彼方、上空で炸裂し、人々はその度にどよめいた。そして辺りは一瞬昼間のように明るくなる。次郎はその都度、花火よりも明るく映し出される小夜の横顔に見入っていた。


九月となり学校は始まった。同じ教室で授業を受けながら、次郎は小夜に対する関心を更に強めた。けれども小夜の次郎に対する態度には殊更変わったところはなく、敢えてそれを探るとすれば、それまで視線すら合わせることがなかった小夜も、それからは恥じらいを含んだ優しい笑みを浮かべて応じてくれるようになったのだ。

次郎は野球部員として、エース・ピッチャーであり、かつ強打者として女子生徒からも強い関心を寄せられていた。けれども次郎には小夜以外の女生徒には全く関心がなかった。

次郎は放課後も毎日練習に明け暮れるため、小夜ともこれといった接点もないまま卒業式を迎えたのだ。ただ卒業記念の集合写真を撮る時、女子生徒の中からあぶり出されたように小夜が次郎の横に並んだ時、小夜も嬉しそうに笑みを浮かべていた。

それは小夜が意識的に次郎に近づいたのか、それとも偶然にそんな結果になったのかは分からない。けれども小夜は次郎の横に並んで写っていた。ただそれだけで心が浮き浮きするような満足感に浸られていた。

やがて高校へ進んだが、選んだ高校が小夜とは別だった。小夜は女子高校へ進んだのである。そこは女子生徒ならばだれもが一度は憧れる有名私立女子高校だった。

以降、小夜の明確な消息については分からないままだった。

親しい友人同士でも、日常的に逢わなくなると、その印象も次第と薄れ、やがては記憶も曖昧になるのが普通であるが、次郎の中に灯された小夜の印象は、次第と膨らみをもって、次郎の中で大きく育っていた。

その後、三年毎に行われる同窓会に、次郎は必ず参加した。それはあるいは小夜に逢えるかもしれないという期待感によるものだった。

次郎は二十六歳、一人前の社会人となり、結婚はまだとしても、結婚を対象にした恋人の欲しい年齢になっていたが、次郎はこれまで恋人すら得たことがなかった。それは一つには小夜の存在がどうしても心から離れず、どんな女性に出会っても、すぐに小夜と比較してしまい、見劣りを感じていたからだ。そして結婚する人は小夜以外にはないと心に決めていたのだ。

次郎は同窓会の都度、九条小夜に逢えたら、今度こそ何らかのきっかけをつくって接近を図ろうと考えていた。

当時の学級委員でかつ同窓会の幹事役でもある木部は、

「それは蔭山美子のことではないか」と言った。

「違うよ、九条小夜だよ、二年生になった春、他校から転入して来た」

「九条小夜なんて名簿にもないぞ、蔭山と勘違いしているんじゃないか」

蔭山美子も確かにすらりとして背高く、色白で優秀な生徒だった。蔭山美子は、実際は二学年上だった。結核で休学していたため、二年留年して次郎のクラスに組み込まれた生徒だった。

木部の言う通り、九条小夜なる女性は名簿からも消えていた。次郎はそれがどうしても信じられず、他の同窓生にも同意を求めたが、答えは同じだった。

麻薬や過度の睡眠薬を常用したりすると、時として人間はあらぬ幻覚や妄想を抱いて収拾のつかなくなる状態に追い込まれることもあるが、次郎の場合、麻薬はおろか、睡眠薬でさえ使ったことがない。さらに次郎には日常的な飲酒や喫煙の習慣もない、たまにお祝いの行事があるときに飲むくらいで、極めて健全な生活をしていた。そこには幻覚や妄想の入り込む余地など全く考えられなかった。

そうはいったものの次郎が高校でも硬式野球の捕手として活躍していたころ、ファール・チップを顔面に受けることがよくあった。百四十キロ前後の速球の、しかも打者が打ち損じた球を顔面の正面に受けるのであるから、かなりの衝撃である。けれども面を被っているから痛くはない。全く痛みは感じないが、一瞬「クラッ」と来て夢見心地になることがあるが、それはむしろ気持ちの良いものであるが、記憶を失うようなことはない。

そんなことを考えながらも、次郎の中では九条小夜の存在は、揺るぎない現実感を持っていた。それは花火大会が終わって、岩の上の小夜を両腕で支え降ろす時の、細身に見えて確かなる胸の膨らみは、正に女のそれであったことも、次郎の体の感触が鮮明に記憶していた。

写真にもない、名簿にもない。次郎は頭を抱え込んで考えた。

次郎は小学校を卒業する時、成績優秀で表彰されていた。そしてその時の賞状とともに授与された賞品がかなり上質のノートだった。次郎はそのノートを大事に仕舞っていたが、中学校半ば頃から、自分の悩みや母への思いをことあるごとに書き込んでいた。それは記録するためのものではなく、ノートという対象に自分の思いを書き込むことにより、封じ込むためのものであったかもしれない。そしてノートは秘密の場所、つまり次郎だけしか知りえないところに厳重に保管されていた。

とはいってもそれは高校を卒業するくらいまでのことで、その後ノートは書き加えられることはなく、次郎の生活環境からも消え去っていた。

そのように記録のためのものではなかったため、一度たりとも読み返されることもなかったのであるが、九条小夜のことがきっかけとなり、ほぼ十年ぶりに読み返す気持ちになったのだ。

次郎は古文書を読み解くように、あるいは己が過去に犯した罪を密かに回想するかのように、一頁目から一語各々丹念に読み返した。そこには亡き母に関する思いが綿々と綴られてはいたが、九条小夜に関する記述は一つもなかった。

次郎はあの優勝旗を授与されるという実感のない栄光が、実は何かの錯誤から生じた虚像であったとしても、少しも惜しいとは思わなかったし、不思議にも思わなかった。けれども小夜の存在が、実態を伴わない渇望から来る虚像でしかなかったことを認めなければならなくなったことが、なんともやるせなく空しかった。

（三）

次郎は一人っ子で他に兄弟がいなかった。次郎の実母淑子は無用なことはやたら口にしない静かな人だった。それでいて次郎への心配りは細やかで、次郎は母親淑子の許で愛情深く育てられていた。その母親を次郎は小学校五年生の時に失っていた。

母親が亡くなってからも次郎は学校の帰り、以前母淑子が入院していた病院の方へ、よく回り道して帰宅した。それは病院の方に行けば、また母親に逢えるかもしれないというほのかな期待感がどこかにあったからに他ならない。

というのも、母淑子が入院していたころ、次郎は学校帰りには必ず病院を訪れ、母淑子に抱きしめられ、愛情を確かめないと落ち着かなかったのだ。

もう既に余命いくばくもないことを自らも悟っていた母淑子も、次郎の来るのをいつも心待ちしていた。

次郎は母淑子の側で、宿題を済ませ、本を読んだりして、日暮れ近い時刻まで過ごし、何か諦めに近い心境で帰宅した。

やがて淑子は次郎に思いを残したまま、病院で息を引き取った。がまだ小学校五年生でしかない次郎には、まだ母親の恋しい年頃であり、母の死がどうしても現実としては受け入れられなかった。

母なき病院とは観念的には分かっていながら、あるいは病院のどこかにいるのではないかという思いを捨て得なかったのだ。

そういうこともあって、次郎は以前、母淑子が入院していた病室の方へ回り道し、遠目に覗き、母の居ないことを確かめ、空しく帰る日が続いた。時に次郎を知る看護婦に見つけられ、母淑子の代わりに抱きしめられたりしていた。次郎にはそれは恥ずかしいことだった。

やがて次郎は新しい母を迎えることになる。義母となる女性も決して意地の悪い女性ではなく、世間的にみても優しい人ではあったが、次郎には子どもなりに遠慮があり、それ以上の甘えは許されなかった。次郎はそれをかき消すように野球に打ち込んでいたが、何かの区切りがつくたびに、幼き日、母親に抱き締められた感触や面影が漠然と蘇っていた。

そうした母への思慕から来る憧憬が現実とどこかで交錯したのかもしれないと考えたりした。

それを次郎があの日に受けたらしい脳への衝撃で、ヒーローとしての記憶を失った代わりに、母親淑子への思慕、憧憬が小夜という虚の女性を創造し、深く刻み込まれたのかもしれないと思ったりした。

果たしてあの日の衝撃で次郎の失った真実とは、実感のない虚の栄光の記憶……、それとも次郎の感触がいまだ鮮明に記憶している九条小夜という女性の虚の実だったのか……。

その夜、次郎は期せずして九条小夜に出会った。小夜はあの日と同じような清潔で美しい女性に成長し、優しい笑みを浮かべて歩み寄ると、細身の体で次郎を力一杯抱き締めた。やがて小夜の姿は若き日の母の姿に代わっていた。

薄春《はくしゅん》の記《き》

序章

西山山系の南の山裾、その東側斜面に位置した旧松本村は、周囲を小高い山に囲まれた小さな集落である。村のほぼ中程に蛍川と呼ばれる小さな川があり、幾つもの谷川の水を集めて、犬鳴川、そしてやがては遠賀川へと水の流れを支えている。

自然林に包まれた松本村は肥沃な土地に、四季を通して涸れることのない豊潤な水にも恵まれ、おいしい米の産地として、豊かな田園風景をなしている。

その狭い山懐には肩を寄せ合うように民家が並び、その風情は穏やかな村人の心でもあるように見えた。

かつてはこの村も文永の役（一二七四年）、弘安の役（一二八一年）による二度の蒙古襲来（元寇）の際、最後の砦として利用されたと史記にはあるが、往時のほんの一時期を除けば、戦禍に紛れることもなく、平和で静かな村の佇まいをなしている。

こうした松本にも二月頃、専護寺梅林の名で知られる梅公園は観梅の人で賑わう。

この梅林は名刹専護寺の敷地内にあった茶畑を住職の発案により、昭和の初期、村の処女会の手によって植樹され、育てられていた。

その後は村の青年たちも加わり、整備拡充が進み、今では梅林公園として近隣から、観梅客を集めるまでになっていた。

季節は立春を過ぎたばかりの如月、白梅、紅梅が一杯の花を咲かせて、辺りに乙女心を思わせるような薫を漂わしていた。

修作が観梅客に交じって、この寺の山門を潜ったところで、若い住職から呼び止められた。

「つい先ほど、子ども連れの若い婦人から、内山さんのことで、いろいろ聞かれましてねぇ、なんでも東京からお見えになったとかで……、ご婦人のお名前をお聞きしましたが、内山さんはご存じないでしょうからと言って、名前はおっしゃらなかったものですから」

内山修作は東京という地名の響きに、不意に記憶の深奥に淀んでいたあるものが、深い悔悟の念とともに甦った。けれども心の準備もないまま、それに遭遇することは、ある種の期待をいだきながらも、不安と恐れに近いものがあった。

そうした期待と不安をいだきながらも、修作は今を盛りの梅林に足を踏み入れたところで、就学前と思われる少女の手を引いた年の頃、三十歳を幾つか越したと思われる一人の婦人を目にしたとき、ある景色が豁然と開けて、少年の日の記憶を蘇らせたのである。

少年の日の追憶

時は昭和十九年、サイパン島陥落という戦況で、太平洋戦争は日毎に激しさを増し、その年の十一月、東京大空襲はじめ、本土空爆は、各地方都市へも波及していた。そして国民生活にもかなり困窮状況を呈していた。

東京では学童の集団疎開が進み、田舎に縁のある者は身の危険を避けて、家族ごとに疎開していた。

六歳になった優子が母親の実家である松本に、東京から母娘して移り住んだのは、東京大空襲から年明けた昭和二十年正月だった。松本には優子の祖父母も、今もなお健在であり、優子は母親とともに身を寄せていた。

そうした都会から疎開して来た学童たちが、村の子どもたちに交じって遊ぶ風景が、あちらこちらで見られたのもこの頃である。

銃後の村では直接空爆を受けることはなかったが、出征兵士を送り出している留守家族にも不安な色はありながらも、幾分なりとも安穏としたものがあった。

そうしたある日、松本は村全体がすっぽりと積雪に包まれ、野も畑も白一色に染められた。その雪景色の中で村の子ども達が、手作りの凧あげに興じる風景が見られた。

就学前の優子もそれらの子ども達に交じって、野を駆け巡っていたが、土地の状況に疎い優子は、積雪で見分けのつかなくなった雪原の水溜りに気づかず、水路に落ち込む不運に遭遇したのだ。

全身ずぶ濡れになって震えている優子を、自分の着ていた外套で包み、おぶって家に送り届けたのが、当時国民学校二年生の内山修作だった。

「優子を助けてくれたのは、このお兄ちゃんなのよ、しっかり、ありがとう、を言うのよ」

翌日、母親に連れられた優子が、お礼のため、内山修作の家を訪れたのは修作が一人、家で昼食代わりに餅を焼いて食べているところだった。

「お兄ちゃん、ありがとう」

「風邪を引かなくて良かったねぇ」

昨日とは違い、白い靴下に赤い靴、おしゃれな模様のついたスカート姿の優子は、子どもながら豊かな表情と、洗練された都会の子として、これまで土地の子どもしか見たこともない修作に新鮮な印象を与えた。

「うん、ありがとう、お兄ちゃん」

優子には外に兄弟もなく、それ以来、優子は修作のことを《お兄ちゃん》と呼ぶようになったのだ。

優子が身を寄せる母親の実家には、優子の祖父母の外、伯父夫婦と優子の従妹に当たる三人の子どもが同居していた。

長兄が修作と同級生で仲良しの芳雄、その妹幸子は優子と同じ年だった。それにもう一人三歳年下の弟辰雄がいた。

優子はその年の四月、桜花爛漫の若田の国民学校一年生として幸子と共に入学した。そして迎えた昭和二十年八月、日本は敗戦というかたちで戦争は終わったが、戦後のどさくさで経済は極端に疲弊し、さらに食糧事情の悪化する東京を避け、それから二年あまりを母方の実家である松本で過ごすことになるのである。


「お兄ちゃん、芳坊がシジミを採りに行くって、お兄ちゃんも一緒に行こうよ」

あれから一年あまり、小学校二年生に進級した優子が、修作を誘いに来たのは五月も半ばの午後だった。

「うぅん……行きたいばって……」

「行こう、行こうよ、ねぇ、お兄ちゃん」

「ばって、まだ牛の草刈りがすんどらんと、後で行くけん」

ほとんどの家が農家で、当時の村での子どもの生活も、そうした農作業の一つの担い手として重用され、農繁期はもちろんのこと、農閑期にも牛の餌草刈り、風呂沸かしなど、何らかの役目が与えられていた。

「ふーん、そしたら優《ゆう》、優子も手伝うわ」

「いいよ、大分時間がかかるとよ、先に行っとき」

「でもお兄ちゃんが一緒でないと、面白くないいんだもの」

修作はどうすべきかしばし考えていたが、

「うーん……そんならぼくも行くか」

「わぁ、嬉しい」

村での子どもたちの遊びといえば、春は野に出て芹やツクシを摘み、晩春にはワラビ刈りやシジミ漁り、秋には木の実拾いと、生活に密着したものが多く、野や山をそれぞれにカゴを手に集う子ども達の姿があった。

子ども達はそうした自然の中に溶け込むことにより、生活の知恵を得ていたのだ。けれどもそれ等はいずれも子どもの遊びの範疇でしかなく、小川でのシジミ漁りも、そのときの状況により、沢蟹を追ったり、小川に堰を作り小魚を追い込むはずが、自らが裸になり水遊びに興じたりしていた。

晩春の松本には段々畑に色づき始めた麦畑が広がり、刈り取りの時期を待っていた。その空高くヒバリはさえずり、ときに急降下して麦畑の彼方へ舞い降りた。

シジミを拾う蛍川は清く澄んだ豊富な水量をたたえ、川辺の小石を洗いながら、犬鳴川へと続いていた。

修作はじめ優子、芳雄、幸子外、村の子ども達を加えた七、八人がカゴを手に用心深く川辺へ降りたった。

そして思い思いに水辺に群がった。

「お兄ちゃん、シジミってどれ……」

川面に透ける砂利に注意しながら、もう既にシジミ漁りを始めた修作の手元を覗き込むように優子は修作と頭を突き合わせてしゃがんだ。

「うーん、これ、これがシジミなんよ」

「これ……なーんか小石みたいなのね」

「こうして漁るんよ」

修作は砂と小石の混じった中からシジミだけを拾い優子に見せた。

「ふーん、これがシジミなの」

優子は感心しながらシジミに見入った。

子ども達は思い思い川にしゃがみ、シジミ漁りに余念がなかった。五月の太陽は子ども達の背を優しく包んでいた。

「修作、漁れたか」

「芳坊は……」

「うん、少しばかり」

「もうそろそろ帰ろうか」

「そうしようか」

二人は手カゴを砂利の上に並べ、お互いに中を見せ合った。カゴの底はシジミで見えないほどであった。それだけあればシジミ汁を一回分作るのに十分で、それ以上は無駄だった。二人は今日の収穫に満足した。

「お兄ちゃん、お兄ちゃん、こう、これ見て」

修作と芳雄がそんな話しをしているとき、優子が何やら興奮気味に駆け寄って来た。そして優子の差し出す手カゴにはシジミならず、野の草花が美しく盛られていた。

「まだ沢山あったのよ、でもあまり沢山摘んでしまったら、外の人に悪いから、これだけにしたの」

優子は頬のえくぼをピクピクさせながら満足そうに笑った。

「なーんか、これ草花ばっかりでねーか」

芳雄はからかうように言った。

「でも美しいでしょう、こんなの見ていたら楽しくなるわ」

優子はそう言いながらカゴの中をさぐっていたが、

「お兄ちゃんには、これ、これあげるわ」

優子は小さく束ねた草花の一つを、はにかみながら修作に差し出した。修作はその花束を手にしたものの、その処置に戸惑っていると、優子は続けて、

「これはお母さんの……これとこれはおじいちゃんとおばあちゃん、これはおばさまにあげるぶんなの」

それぞれに色々な種類の草花でまとめられ、草の茎で器用に束ねられていた。よく見ると修作に渡したものが一番種類も多く見栄えが良かった。

「ぼくのはどれね」

「あっ、芳坊のは……」

優子は一瞬困った様子であったが、しばし逡巡の後、カゴの底に残ったものを急いでまとめ、そのまま芳雄に渡した。

「なぁんね、ぼくにはこれね」

芳雄はいかにもおかしいといった風に笑った。修作は芳雄の手前、気遣いながら、

「ぼくはいいよ、これ芳坊にあげる」と芳雄の方に差し出した。

「ダメよ、それはお兄ちゃんにあげたんだから」

修作は芳雄と優子の顔を交互に見ながらどうしようかと、しばらく迷っていたが、

「そう、うなら、その代わりこうしよう」

修作はカゴの中から大きいシジミを選り出し、おおよそ半分を優子のカゴに移した。優子は怪訝な眼差しで見ていたが、やがて眩しそうに修作の顔を斜に見上げて、

「お兄ちゃん、ありがとう」とえくぼをピクピクさせながら、さも嬉しそうに笑った。


麦の採り入れが終わると、休む間もなく田植えの準備に入る。この頃が農家でも一年を通して一番忙しい時期である。

やがて田圃一面に水が張られると、その夜から一夜にして蛙の大合唱が始まり、子どもも年寄りも含めた一家総動員での田植えとなるのだ。

そうした田植えも七夕を迎える頃には、一段落し、サナボリで小豆だんごなど作り、田植えの終わった祝いをするが、それも半日か一日休んだ後は、続けて田の草取りが始まるのだ。


やがて学校も夏休みに入った。修作が午前中の田の草取りを終えて帰宅したとき、優子は一人物憂げに、修作の家の座敷に据えられた文机に頬杖をしながら、障子の隙間から親ツバメが黄色いクチバシの子ツバメ

に餌を与えている様子を眺めていた。そうして修作の姿を認めると、円らな瞳を輝かせながら、

「遊ぼう、優子、お兄ちゃんの帰りを待ってたのよ」といくぶん甘えた声ですり寄った。

「一人でどうしたん」

「うん、幸ちゃんや芳坊は親戚の家に泊まりがけで遊びに行って、優子一人なの、つまんないから、ここでお兄ちゃんの帰りを待ってたの、そしたらツバメが何羽も来て子ツバメに餌やっているでしょう、面白いから見てたの」

「……」

「ツバメには沢山兄妹がいるから楽しいでしょうねぇ」

「……」

「ねぇ、お兄ちゃん、お兄ちゃんは親戚に行かないの」

「うん、田の草取りがあると」

「優子一人で寂しいから来たのよ」

「ぼくは田の草取りせにゃならんとよ」

修作は父親を戦地に送り出しているため、まだ国民学校の三年生とはいえ、農作業の重要な担い手であった。

「だったら、優子も手伝うわ」

「いいよ、きついし汚れるよ」

「いいわ、あたし一度してみたかったの」

「それよりか、優ちゃんにいい物あげようか」

「なに、いい物って」

「うん、千代紙よ」

「千代紙……うわっ、嬉しい」

優子の目は瞬時にして輝き始めた。

「ばってほかの人には言うたらいかんよ」

「えぇ、言わないわ」

修作は優子を伴って裏の土蔵の重い扉を押し開けて中に入った。厚い土塀で囲まれた土蔵は穀類の一時貯蔵の外、日頃はあまり使用しない家具類などを仕舞う場所でもあった。

修作は土蔵の二階の奥まった所に優子を案内した。そこには日頃使わない漆器類の入った木箱があり、木箱の中が修作の宝物の保管場所で、修作だけの秘密の場所だった。

目慣れてくると土蔵の中はそれなりの明かりがあった。修作はおもむろに紙箱のふたを取った。中には玩具の部品や木クズ、鉄片のようなものが雑多に仕舞われ、大人にとってはただのガラクタでしかない物が、少年の修作にとっては、それら一つ一つに思い出があり、想像と夢を育む物ばかりだった。修作は中から更に紙袋に包まれた千代紙を取り出し、優子に差し出した。

「うーわっ、きれいな千代紙ね」

「これ、優ちゃんに全部あげる」

「嬉しい、こんな奇麗な千代紙、はじめて見たわ」

喜ぶ優子の顔に修作も満足した。そして二人は狭い空間の中で、膝を突き合わせたまま、意味もなく顔を見詰め合っているだけだった。

その年の夏、数え切れない程の悲しみを残して、戦争は終わった。それから一年、応召していた村の男たちも殆ど復員していたが、修作の父はじめ、そのまま家族の前に姿を見せることのできなかった人も少なくなかった。

そうした悲しみを乗り越えるかのように、村では稲穂が次第と頭を垂れ、あちらこちらの畦や土手には朱の彼岸花が田園に彩りを添え、目にも眩しい実りの季節を迎えていた。

そうしたある日、町まで使いに出ていた修作が、夕方村の入り口の若竹橋までたどり着いたところへ、芳

雄が心配気に、

「修作、優子を見なかったか」と話しかけてきた。

「知らん、見んかった」

「優子がどこに行ったか分からんで、皆んなが心配して探しようと」

「だれも知らんとか」

「修作ん家の方に行きよるところを幸子が見たらしいばって、だれもおらんかったよ」

修作にはハタと気づくものがあり、急いで家に帰った。案の定、優子は修作の秘密の場所である土蔵で、摘んだ彼岸花を握り締め、座布団袋に寄りかかり眠っていた。

以前にも優子は、半分残した千代紙を、

「これはあたしの大切な宝物だから、一緒においていてちょうだい」と小さな紙箱とともに預けに来たことがあった。そして優子は自分の大切な物をときどき出し入れしながら、そこでしばしの時間を過ごしているのを知っていたのだ。以来そこは二人の共通の秘密の場所になっていたのだ。

優子の村での生活も、農作業の手伝いをする修作や芳雄達に交じり、稲刈り、麦蒔き、菜種植えなどに、興味をもって参加した。殊に芋掘りには、

「うわぁっ、芋が土の中に、ここにも、これこんな大きなのが」と芋が土の中から出てくるのが、いかにも不思議でならないといった風情で感嘆した。

殊に修作に対しては実の妹であるかのように、朝から修作の家に入りびたり、昼食から夕食まで一緒にとることも少なくなかった。そしてそれが母子二人だけの家族となってしまった修作の家に、優子の明るい性格が、一輪の花を添えているようなものであった。

こうして優子も土まみれになりながら、村での生活にすっかり馴染み、いずれは東京に帰らなければならない身であることすら、すっかり忘れているようであった。

そうして迎えた昭和二十二年の夏、経済は戦後の混乱状態から幾分脱して、やや落ち着きを取り戻すまでになった。優子はその年、三年生の二学期から東京の学校に転入することになった。

二年半余りの村での色んな思い出を胸に刻み、優子は夏休みの終わるのを待たずに松本を発った。

「今度は芳坊や幸ちゃんが、東京に来る番よ、待ってるわよ」

「うん、行く、行く、絶対に行くきい」

博多駅まで見送りに行った芳雄や幸子は、お互いに窓から手を握り合い、優子との別れを惜しんだ。けれども荷物運びが役目である修作には、優子を見送る雰囲気ではなく、一人ぽつんと人垣の外にあった。

やがて汽笛とともに汽車は静かに動き出した。修作はその人垣の外から爪立って優子の姿を探した。優子は見送りの人に手を振りながら、それに応えていたが、人垣の外に修作の姿を認めると、動き出した汽車の窓からさらに身を乗り出し、

「お兄ちゃん、お兄ちゃん、さようなら、文鎮、文鎮、ありがとう」と叫んだ。

文鎮、それは先日、優子が東京に発つ日が近まった頃、川原で遊んだときに拾った小石だった。長方形の一面が平らで、安定が良かったので、

「これ文鎮にするといいね、優ちゃんにあげるよ」と言って与えたものだった。

「わあぁ、嬉しい、これお兄ちゃんと思って大切にするわ」

修作は控えめに手を振りながら、文鎮をみやげにできたことに満足した。そうしてあのあどけない優子の姿を、心の奥底に深く刻み込むように、去り行く汽車が見えなくなるまでしっかりと見送った。

再会

優子が再び松本に姿を現したのは、それから四年後の昭和二十六年夏、夏休みも中盤を過ぎた新盆に入ってからだった。

優子は新制中学一年生、修作は中学三年生になっていた。

東京を夜行列車で発ったという優子を、修作は芳雄の家族とともに博多駅まで迎えに出た。

博多駅着の時刻はあらかじめ電報で知らされていたので、その時刻に合わせて出掛けたが、何両目の車輛に乗車しているのかが分からないため、修作を含めた芳雄の家族とともに、二十メートル間隔でホームに並び優子の到着を待った。

四年前、同じ博多駅で彼女を見送って後、修作は優子のことを噂に聞くことはあっても、その姿に接することがなかったため、果たして優子を探し出せるだろうかという不安があった。

そう思う間もなく、列車はホームに滑り込み、荷物を下げた乗客達が降りてきた。

修作は四年振りに逢う優子を、見逃してはならないという責任感と、ある種の期待とで、目を見開き、優子の姿を求めていた。とその時、

「うわーッ、お兄ちゃん、こんにちは」

見つけたのは優子の方だった。つばの広い帽子からはみ出した黒髪を、うなじに流した彼女の姿は、当時のあのあどけなさはすっかり取れて、都会っ子らしい、垢抜けした女子中学生に変身していた。

その大人びた優子の直視する視線に、修作はある種の眩しさを感じ、素直に顔を見合わせることさえ躊躇するほどだった。

優子は満面に笑みを浮かべて、再会の喜びを表現しながら、

「お迎えありがとう」と言った。

「みんなも待ってるよ、幸ちゃんも芳坊も、それに伯父さんも」

「ほんと、どこに」

「向こう、あそこ、行こう」

修作は指差しながら無愛想に優子を促した。

優子は重い革製のトランクを左手に、バッグとみやげ物がびっしり詰まった紙袋を右手に立ち上がり、しばし修作の後ろに従っていたが、

「お兄ちゃん、これ重いの、持ってちょうだい」

「うん……」

修作は幾分ふて腐れたように重い方のトランクに手を掛けた。

「ありがとう、助かるわ、お兄ちゃん」

優子は空いた右手に紙袋を持ち替えて、なおも親愛のこもった笑みを浮かべて、修作の顔を見上げた。

けれども修作はそうした優子の笑顔を無視するようにさっさと先を歩いた。

汽車を乗り継ぎ、最寄の駅についたのは昼近い時刻になっていた。

トランクを担いだ松本家の当主を先頭に、歓待する優子を囲むかたちで、従兄弟たちが付き従った。蚊帳

の外となった修作は、その後ろを一人トボトボと歩いた。

「ねぇえ、お兄ちゃん、今夜ね、伯父さんが、あたしの歓迎会をしてくださるって、お兄ちゃんも来てね」

優子の祖父母の家が近くなったところで、松本家の当主である彼女の伯父と並んで歩いていた優子が、急遽、修作のところまで後戻りして伝えた。


翌朝早く、修作が田の草取りに出掛ける準備をしているところへ、純白の夏衣装に衣替えした優子が突然現れて、

「夕べ、お兄ちゃんは来てくれなかったのね」と心配気に言った。

前日、修作は曖昧に返事していたのであるが行かなかった。それは優子からの誘いは受けても、松本家からの正式な誘いがない以上、参加するわけには行かなかった。

「……」

「とても楽しかったのよ、でもお兄ちゃんが来てくれなかったから、あたし、ちょっぴりつまんなかったわ、なぜ来てくれなかったの」

「……」

「これ、おみやげ、昨夜みんなと一緒に喜んでもらおうと思っていたのに」

「……」

修作は手渡された小箱を手に、どう対処すべきか分からずモジモジしていたが、

「ねぇ、お兄ちゃん今、開けて見て……気に入ってもらえるかしら」

優子に促され、おもむろに包みを開いた、長方形の紙箱の中は万年筆だった。

「ありがとぉ」

「気に入ってもらえたかしら」

「うん、とても」

修作は初めて笑顔で優子の顔を正面から見詰めた。

「気に入ってもらってあたし、とても嬉しいわ」

「……」

「昨日から心配だったのよ。なにかお兄ちゃん、怒っているみたいな顔してたでしょう、それに歓迎会にも来てくれなかったし、だからあたしとても心配だったのよ」

「別に怒っとらんとぉ」

「でもお兄ちゃん、久しぶりにお逢いできたのに、少しも嬉しそうな顔してくれないんだもの」

優子がこの夏、松本に来ることを芳雄の口から聞かされたとき、ほんとうは修作もその日の来るのを心待

ちにしていたのだ。けれども修作にはすっかり大人びた優子にどう対処してよいか分からないような戸惑いがあったのだ。

「待っとったと……」

修作はやっとの思いで、それだけ言うと気恥ずかしそうに下向きになった。

「ホント、ほんとうなの……だったら優子、とても嬉しいわ、来た甲斐があったわ」

優子はすっかり安心したように、更にニコニコしながら、

「ねぇ、ねぇ、お兄ちゃん、秘密の場所に行ってみたいわ」

「今はもうなくなっとるよ」

幼児的ともいえた修作の趣向も、四年の時の流れとともにすっかり変わり、いつ、どこへ消えたのか気づかないまま散逸し、今は秘密の場所の必要性もなくなっていた。しかし唯一、優子が置いたまま忘れていた紙の小箱だけが、今も密かに修作の机の引き出しの中に仕舞われていた。

「土蔵、まだあのままじゃァありません、ねぇ、行ってみましょうよ」

優子はなにか夢見る少女のように期待を込めて土蔵の方へ向かった。修作もそれに連れられるようなかたちで後に従った。

優子は期待を込めた表情で、土蔵の扉を開けて入った。

「ねえぇ、下から覗いちゃァいやよ」

と言いながら、急な梯子段を身軽に登った。修作は言われた通り、土蔵の敷居に立ったまま優子に背を向けて、手持ち無沙汰に外を眺めていた。

「ねぇ、ねぇ、お兄ちゃん、早く来て、早く、早く」

すっかり女性らしい容姿に変貌していたかに見えた優子も、その仕草や言葉は四年前とは少しも変わってはいなかった。

「この向こうが秘密の場所だったわねぇ」

箱火鉢や茶びつ、不要となった襖類が、堆く積もった埃の中に無造作に置かれ、漆器の木箱の位置には容易に足を踏み入れられない状態にあった。けれども優子は未練気に手前の家具類を押し分けて中に入り込んだ。

「ここよ、ここ、お兄ちゃんがそこに座って、あたしがここだったわ、いつも」

修作もかろうじて中に入り込んだ。優子の肩先が修作の胸に何度となく押し当てられた。

「あたしねぇ、ときどきここのことが夢に出てくるのよ、今でも」

「……」

「薄暗いところなのに、夢で見るときはなぜか、お兄ちゃんの姿だけがくっきりとしているの、そしてその夢を見た日は、何か良いことがありそうで嬉しいの、だから松本に来たら、一番にここに来ようと思っていたのよ、おかしいでしょう」

修作は優子とともに訪れては、言葉もなく向かい合ったまま過ごしたあのころの、まだあどけない優子の姿を思い出していた。


優子は若田小学校で仲の良かった友達と会うかたわら、修作が仕事から帰宅する時刻を見計らい、ほとんど毎日のように遊びに来た。ときには修作が田の草取りに出ると、人目を気にすることもなくノコノコとついて来たりした。そして普段着のまま、稲田の泥濘みに入り込み、農作業の手伝いというより邪魔をしながら、日がな一日過ごすこともあった。

そんなある日、修作が遅い夕食を済ませて、宿題に取り掛かろうとする頃になって、

「お兄ちゃん、これ、これ見て、おばあちゃんが誂えてくれたの」と言いながら、花柄の浴衣姿で現れた。

橙色の帯をきつく締め、ウチワさえ手にして、夕涼みの風情である。

「ねぇ、可愛いでしょう、さっきでき上がったばかりのを、おばあちゃんに着付けていただいたのよ、一番にお兄ちゃんに見ていただこうと思って来たのよ」

「……」

「ねぇ、なにか言ってちょうだいよ、お兄ちゃん」

修作は胸元からわずかに覗く優子の胸の膨らみに、目のやり場に苦慮しながら、

「うん、にあう、可愛い」

修作は無愛想に応えた。

「ホントに、ホントに可愛い」

「……うん、とても可愛いよ」

「嬉しいわ、こんな着物着ると、心が浮き浮きしちゃうわ」

「……」

「ねぇ、お兄ちゃん、もう七夕さまはとっくに終わったけれど、お星さま見ない、ここに来る道々、お星さま見ながら来たんだけれども、今夜のお星さま、とてもきれいよ」

優子の言う通り、屋外は月もなく、満天の星空だった。優子は言うより早く、屋内からの明かりが届かない庭の暗がりで夜空を仰ぎながら、

「ねーぇ、夏休みになる少し前、学校で星の勉強をしたんだけれども、東京では星が見えないの、オリオン座ってどこにあるの」

「オリオン座は冬の星座やき夏の夜は見えんと」

「でも夜空は今、星がたくさん見えるじゃない」

「うん、ばって今、見えるのは白鳥座とか鷲座なんよ」

「白鳥座」

「うん、白鳥座とか鷲座とか」

「どれ、どれが白鳥座なの」

「天ノ川があそこにあって、天ノ川の岸辺にある大きい星が織女星、ベガなんよ、そして天ノ川を挟んで対岸の、あの明るい星が牽牛星、アルタイル、その間にあるのが白鳥座なんよ」

修作は説明しやすくするために、優子のすぐ後ろに重なるように立ち、肩越しに人差し指でさし示した。馨しい女の匂いがふわっと漂ってきた。

「うわっ！　そしたら天ノ川の中を今、翼を拡げて西に向かっているのが白鳥なのね」

「うん」

「あたし初めてよ、白鳥座見たの、なんて美しい姿なんでしょう、感動的だわぁ」

「そしてね、あの牽牛星、アルタイルを主星にしたのが鷲座なんよ、そして織女星、ベガそれから白鳥の尾っぽに当たる赤い星の、デネブで夏の大三角形を作ってるんよ」

「ほんとだ、二等辺三角形なのね、そんな風に見て行くとすぐ覚えちゃうわね、でも白鳥はどこへ飛んで行くんでしようねぇ」
「恋人のところよ」
「白鳥に恋人がいるの」
「大神ゼウスが恋人レダのところに行くとき、白鳥に変身するんよ」
「うわーっ素敵だわ、ロマンチックねぇ、白鳥に変身して恋人のところへ行くなんて」
「……」
「美しいわ、ほんとに感動しちゃったわ」
「……」
「そしたらオリオン座はどこにあるの」
「オリオン座は冬の星座やき今は見えんとよ」
「だったら今はどこに行っているの、恋人のところかしら」
「まだ東の空のもっと向こうの方、夏の間はまだ出番が来んと、明け方にならんと見えんとよ」
「学校で習ったけど、見たことないの、一度見たいわ」
「……」
「何月頃になったら見えるようになるの」

「晩秋から冬にならんと見えんとよ、でも天気が良かったら夏でも夜明け前の四時頃になったら見えるかもしれん」

「だったら明日の朝早く来るから教えて、一度だけ見たいの、ねぇーぇ、お兄ちゃん」

優子は立ったまま修作の左腕に自分の手を絡めて甘えた。修作はどうしたものかとしばし迷ったが、優子の熱意に不承不承ながら承諾した。


翌朝、夜明け前の暗がりの中を優子は約束通り現れた。

処暑を過ぎた山間の、村の朝の空気は清く澄み渡り、肌に心地よかった。空にはわずかな雲が棚引き、昨夜見た白鳥は遥か西の空に十字を描いて、半ば山に没していた。

そして夜明け前、オリオンはシリウスを従えて、まだ明けない東の清澄な冷気の中に、凛然とその姿を現していた。

「うわー！　ほんとだ、あれがオリオンなのね、鼓《つづみ》のような形しているわね、蝶が羽を広げたような形かしら、一目で分かるわぁ、絵で見たのと同じだもの」

「ぼくはオリオンを見ると、いつも優ちゃんが頭に結わえているリボンを思い出すんよ」

「お兄ちゃんが、あたしのこと思い出してくれていたなんて嬉しいわ、ホントに……」

事実修作は優子の長い髪を、うなじの辺りで結わえられているリボンに強い印象が残っていた。

優子は修作に腕を絡めて寄り添い、恍惚と東南の空に見入ったまま言葉を失っていた。

やがて東の空は徐々に白み、透けるような薄い水色が清澄に、どこまでも冴え渡り、時の経過とともに、やがて茜色が東の空を染めると、星たちは静かに出番を太陽に譲るのである。


その後も優子は朝な夕な、修作の家に足繁く運んだ。そして夏休みの宿題も気になるのか、ときには勉強道具さえ携えているが、野良仕事に出る修作のもとですごし、一度たりとも勉強に取り組んだことはなかった。

ジリジリと照りつける真夏の太陽も幾分和らぎ、九月の声を聞くと、長かった夏休みも終わり、再び学校が始まった。

色白な優子もこの半月余りですっかり日焼けしたが、気にする風もなく、小麦色の肌を露わに、この夏を満喫していた。

修作が最初に登校した日の昼、始業式が終って、村の入口までたどり着いたところで、物憂げに松の幹にもたれ掛かって空を眺めている優子に出会った。

「待っていたのよ、皆んな学校に行ってしまって、あたし一人なんだもの、つまんなくて」

カトリック系の私立の中学に進んだ優子は、九月上旬までが夏休みで、新学期までにはいくぶん余裕があったため、そのまま芳雄の家に留まっていた。

村の入口は狭く、また外に松本に通じる道がないため、村を出るにも入るにも、そこを通らなければならなかった。

修作はバツの悪い思いをしながら、それでも道路の右と左とに離れ、平行してゆっくりと歩いた。そうした修作の気持ちを知ってか知らずか、優子はそのまま芳雄の家を通り越し、上手にある修作の家までついて来た。

さらに夕食後は浴衣に着替えてあらわれ、お茶と夜のおやつが済むまで一緒に過ごすのであった。それは優子が東京に発つ日の前日まで続けられた。

そして九月九日、優子は熱い思い出を残して東京に帰った。修作がまだ学校から帰らない間の帰京だった。秋という物悲しい季節も手伝い、迎える彼女の姿が見えなくなったことが、修作に一層の寂寥感を与えた。

「あの日何故早く帰って、見送りに来てくれなかったの、あたしお兄ちゃんの帰り、首を長くして待ってたのよ、でも間に合わなかったのね、あたし寂しかったわ」

十一月も中旬に近づいた頃、優子から届いた便りである。手紙は更に続いて、

「今年の文化祭で、あたしたち、演劇をやったの、あたしね、その演劇の中でお姫様役になったの、小さな国の小さなお城だけれども、とても平和で毎日仕合わせに暮らしていたの、でもね、あるとき、悪い国の悪い兵隊が、あたしの国に攻め入り、あたしはさらわれて悪い国の牢獄に繋がれるの、あたしとても悲しくて、毎日泣いてばかりいたの、そしたらある日、とても凛々しい一人の騎士が、あたしを救いに来てくれるのよ、そしてね、あたし、その騎士に恋をして二人は結婚してとても仕合わせになるの……楽しいでしょう、でもね、本当はあたし、ちょっぴりつまんないの、なぜか分かる……実はね、あたしたちの学校は女子中学でしょう、女ばかりしかいないものだから、騎士役も女生徒がやるの、あたし、想像しちゃったの、その騎士がお兄ちゃんだったら、もっと楽しいだろうになぁって……ウッフフフフフ……

でもお兄ちゃん、もしもよ、あたしが本当にそうなったら、お兄ちゃん、きっとあたしを助けに来てくれるわよねぇ……だって、お兄ちゃん、あたしがお姫様なら、お兄ちゃんは騎士だものねぇ」

幼き誓い

そしてあの熱い夏の別れから二年半が経過していた。修作が学校から帰ると、優子は澄まし顔で修作の母親トメとコタツでお茶を飲んでいた。突然の訪問であった。優子、中学三年生、修作は高校二年の二月だった。

「驚いたでしょう、あたし、お兄ちゃんを驚かせようと思って、誰にも知らせないで来たのよ」

私服姿の優子はわずかな期間に更に成長し、初々しくはあっても、女の色気さえ感じさせる女性の姿になっていた。

「どうしたん、学校は終わったんね」

「えぇ、あたしたちの学校は中高一貫教育だから、公立のように厳しい受験勉強もないの、卒業試験が終わったら、もう学校はお休みなの、今の内に楽しい思い出を、たくさん作ろうと思って来たの、高校に進むと忙しくなるでしょう……どう少しは驚いて」

「……うん、びっくりした」

一輪の白梅が頬笑むような優子の表情に、修作は一瞬の眩暈を感じ、それ以上の言葉は出なかった。

春は沈丁花の薫から始まる。そしてコブシの白い花が咲くころ、桜の蕾も大きく膨らみ、春爛漫の本格的な春を迎える。けれどもそれより早く、春を告げるのはやはり梅である。

専護寺の梅林でも白梅、紅梅が先を競うように咲き始めていた。

山間の田畑は朝ごとに真っ白な霜におおわれ、それに抗うように、麦は青々と勢いよく育っていた。修作はそれら麦の手入れに忙しかった。

「お兄ちゃん、どうしてせっかく伸びようとしている麦の上に土をかぶせるの」

「うぅん、麦が強く育つようにしようと」

「どうして麦の上に土かぶせたら、強く育つの」

「霜柱で麦の根が浮いて、養分がとりにくくなると、それで浮かんように踏んだり、土をかぶせたりすると」

「ふーん、面白そう、あたしもやってみたい、お兄ちゃん、教えて」

「きついよ」

「いいわよ、あたしお兄ちゃんのしていること、なんでもしてみたいの、それにあたし土をいじるのが好きなの」

優子は修作から平鍬《ひらくわ》を受け取ると、慣れない手つきで修作の作業を真似た。

「なかなか思うように行かないのね」

「慣れんとね、難しいよ、でも慣れたら簡単」

優子のこうした出現は作業の邪魔でしかなかった、が優子とのこうした交わりは、修作にも心楽しいものがあった。

優子はまだ寒い早春の畑で、鼻の上に汗をかきながら、服が汚れるのも気にせず、修作のすることはなんにでも手を出した。

夕方になると優子は祖父母のいる芳雄の家に帰るが、夜になって、その日に汚した洋服類を抱えて現れた。洗濯するためである。

「おばあちゃんが洗ってあげるって言うけど、あたし着替えが少ないでしょ、翌日の朝、洗濯したのでは、着替えが心細いから、夜の内に洗っておくの」

優子は勝手知りたるよその家で、洗濯物を修作の家に干した。

「明日はどんな仕事があるの」

優子は修作の母も一緒にいるコタツで、修作と向かい合いながら、東京での生活をあれこれと、際限なくおしゃべりしながら、夜の茶菓子がすむまで修作の家で過ごした。まるで修作の家に滞在しているような感覚である。

優子は卒業式の日を待つまでの、二十日余りを母親の実家である祖父母の家に来ているとはいいながら、実質、修作の傍らでほとんどを過ごした。

そしていよいよ明日は東京に発つという日の夕方、

「ねぇ、お兄ちゃん、梅林に行ってみない」と密かに観梅に誘った。

「梅林に」

「ええ、あたしの記憶は松本から始まるの、それもあの梅林からなのよ……人間って就学前の記憶ってあまりないでしょう、だからなぜか松本があたしの本当の生まれ故郷、古里のような気がしてならないの」

「……」

「春は菜の花畑とレンゲ畑に彩られ、初夏には雑木林に朱の鬼百合、夜は蛍の乱舞、夏には竹林にそよぐ涼風、満天に煌らめく夜空の星……、あたし思い出しちゃったわ、いつかお兄ちゃんと星空を見たでしょう、きれいだったわ、東京にはこんな夜空はないんだもの、そして秋は野原を飾る萩の花、晩秋には山を彩る紅葉……冬はすっかり葉を落とした落葉樹の梢は寂しいけれど、なにか夢があって……そんなこと考えていると、あたしの生まれ故郷は、絵本に出てくる夢のような御伽の国だったような気さえするの……そしてそれがいつも松本と結び付くのよ」

「……」

「だからあたし、友達にも自慢するの、あたしの生まれ故郷は御伽の国のような、とても素敵なところだって、そしたら友達はみんな羨ましがるのよ」

「……」

「ねぇ、行きましょうよ」

修作は曖昧に頷いた。

日はやや長くなったとはいえ、如月の日暮は早く、辺りはもう夕闇の迫る時刻である。約束通り、優子は梅林の入口に佇み一人、梅の花を仰ぎ見ていた。白いトックリセーターを身につけた優子は修作の姿を見つけると、満面に笑みを浮かべて、

「うわっ、嬉しい、あたし不安だったのよ、お兄ちゃん、来てくれないような気がして、もし来てくれなかったら、どうしょうかと、とても心配だったわ」

修作は人目を気にしながら、なにも言わず優子を押しやるようにして、梅林の奥深く分け入った。そして通りから見えなくなったころ、修作はホッとした表情でやっと立ち止まり、優子と向かい合った。

「懐かしいわ」

「……」

優子は一人夢見る少女のように目を閉じ、紅梅、白梅に顔を近づけて梅の薫を楽しんだ。

「ねぇ、お兄ちゃん、覚えている、あたしが松本に来た年、ここでお兄ちゃんが梅の花を手折ってあたしの頭に差してくれたのを」

「……」

修作には明確な記憶がなかった。それは優子との想い出はあまりにも多く、その部分だけが修作の中では希薄になっていたのかもしれない。

「そのときね、優子、大きくなったら、お兄ちゃんのお嫁さんになりたいなぁって思ったのよ」

「……」

「ねぇ、お兄ちゃん、ほんとに大きくなったら、優子をお兄ちゃんのお嫁さんにしてくれない」

「……」

「ねぇ、お兄ちゃん、いいでしょう」

「……うん……」

「ホントに、ホントに優子をお兄ちゃんのお嫁さんにしてくれる」

「……うん、いいよ、してあげる」

「きっとよ、誓ってくれる」

「うん、誓う」

「うわっ、嬉しいわ」

優子はそう言うなり爪立ちになり、修作の肩に両手を回し、頬を押し付けて引き寄せた。修作もそれに応じるべく、静かに優子の背中に手を回した。

けれども修作は一旦優子の背に回した手を、ゆっくり解きほどくと、頭上に垂れた一枝の紅梅を手折り、無言で優子の頭にかんざしのように差し、両手で優子の頬を優しく包んだ。

「嬉しいわ」

「ぼくも嬉しい」

次の瞬間、修作は優子を力強く引き寄せて抱きしめた。まだ固い優子の胸の膨らみは、それでも小鳥のように震え、音のない鼓動が、修作の耳にも響いてくるように感じられた。修作は夢うつつの中で、更に優子の唇に自分の唇を合わせた。暖かくそして柔らかい優子の唇は、ほころび始めた紅梅のように、甘く酸っぱいほのかな薫りがあった。修作はその感触に浸りながら、まだ肉付きのない細い優子を、立ったまま力の限り抱きしめた。

集落とはなだらかな丘陵で隔てた薄春の専護寺梅林には、他に人影もなくひっそりとしていた。そして幾重にも重なる白梅、紅梅の中でからみ合う二人の姿は、花明かりの中に溶け込み、誰もが犯し難いほどの幽玄の世界にあった。

「あたし、ほんとはまだ帰りたくないのよ、でもね、卒業式がまだ済んでないの、それで仕方ないの……、ねえぇ、お兄ちゃん、明日見送りに来てくれるわよねぇ」

「……うぅん」

そのとき修作は必ず行くつもりであったが、曖昧な返事しかしていなかった。けれどもその日になって昨夜の記憶が修作にはいまだ生々しく、彼女の伯父や従姉妹の幸子の前に姿を見せる勇気がなかった。

それでも修作は気にかかり、家の近くまでは行ったものの、門前で祖父母らに見送られて、振り返り、振り返り、祖父母らに手を振りながら遠ざかる優子の後ろ姿を、もの陰から密かに見送ることしかできなかったのだ。彼女のいうツヅミのオリオン、羽を広げた蝶のオリオン、髪を結んだリボンのオリオンが優子の動きと共に左右に揺れ動いていた。梅林で契りを結んだ日の翌日のことだった。

優子からの手紙

「お兄ちゃん、とうとう見送りに来てくれなかったのね、あたし寂しかったわ、悲しかったわ、もう当分逢えないというのに、あたし悲しくて汽車の中で泣いたのよ、前の座席にいたおじさんが怪訝な顔して見てたわ、恥ずかしかったわ、なにかお兄ちゃんに悪いことしたかしら……もしもよ、もしもそうだったらご免なさい、あたし謝るわ、悪気はなかったのだから」

優子

三月二十日

「お兄ちゃん、お手紙ありがとう、それにきれいな栞《しおり》も、とても嬉しかったわ、あたしこの栞大切にするわ、あたしね、なにかいい便りはないかしらと思って、いつも学校から帰ったら、一番に郵便受を見るの、そしたらあるじゃない、もうワクがムネムネ、これから先、もうお手紙もくれないのかと思ってたのに感激だったわ……でも随分と遅かったわねぇ、それでもいいわ、遅くてもいいから、またお手紙ちょうだいね、待ってるわ……あたしお兄ちゃんのいう通り、高校生になったばかりだから、一生懸命に勉強するわ、あたしたちの一番大切なことは勉強することだから、でもあの日、あたしとても嬉しかったわ、忘れないわ、お兄ちゃんも忘れないでね、外の人には絶対内緒だけれども」

優子

五月十五日

「高校生になると、新しい友達もたくさんできて、それは賑やかよ、これまでの中学校と違って、遠くからも来ているし、個性豊かな人で一杯、昼食のときなど、それぞれが持ってきた弁当を、みんなが持ち寄っておしゃべりしながら食べ比べするのよ、だからこのごろ自分で弁当作るの、料理するのも楽しいの、でも明日はなに作ろうかと、頭悩ますの、頭使うの、あまり得意じゃないけど、弁当作るのは別よ、お兄ちゃんにも、あたしの作った弁当、食べさせてあげたいわ」

優子

六月一日

「お兄ちゃん、あたしそんなにおしゃべり女かしら、この前ね、お父さんが、女はそんなにおしゃべりするものではないって言うのよ、それであたし三日間、家では一言もおしゃべりしなかったの、その代わり学校でその分、うんとおしゃべりしちゃったの、だって三日間も無口でいられる、あたし死んじゃうわ、そんなことしたら、どうせあたし口から生まれたんですもの、お兄ちゃん、嫌いかしら、おしゃべり女は……」

優子

六月十六日

「お兄ちゃん、ありがとう、お兄ちゃんが、おしゃべり女が嫌ぃと言ったらどうしょうかなぁ、と少し心配だったの、でもあたしのおしゃべりは楽しいおしゃべりと言ってくれたから、あたし嬉しいわ、そうよねぇ、おしゃべりにも種類があるわよねぇ、楽しいおしゃべりだったら許されるわよねぇ、お兄ちゃんの許しが出たから、これからもあたし、うんとおしゃべり女を続けることにしたわ、でもお父さんの前では少しだけ謹むか、それではまたね」

優子

七月一日

「明日から夏休みに入るの、今年の夏休みは友達の家の別荘がある軽井沢でキャンプをすることになっているの、ゴミゴミした東京から離れるなんて、めったにないことだし、今から楽しみにしているのよ、友達四人と一緒なの、だから安心しておしゃべりしようと思っているの、また帰ったらお手紙するわ」

優子

七月十八日

「軽井沢でのキャンプ、楽しかったわ、軽井沢って高原でしょう、森があって、小川があって、夜になると、と言っても随分と遅い時間にならないとだめだけれども、満天の星空で、お兄ちゃんのところとおんなじだったわ、白鳥座がクッキリと姿を現していたわ、そして鷲座も……あたし星を見ながら考えたの、何を考えたと思う、実はねぇ、あたしが白鳥になってお兄ちゃんに逢いに行くの、そしてね、お兄ちゃんは鷲になって、あたしに逢いに来てくれるの、そしてちょうど天ノ川で出逢うのよ、素敵でしょう、ロマンチックでしょう、そんなこと想像して夜空を見てたらね、幾つもの流れ星が見えるの、あたし慌てて願いごとを流れ星に祈るんだけれども、お祈りが終わらない内に流れ星って消えてしまうのね、残念だわ、なにをお祈りしたと思う、実はね、それはね、ウッフッフ……」

優子

八月十日

「お兄ちゃん、お元気、やっと試験も終わったわ、あたしたちの学校はこれまでの中学校と違って、二学期制なの、だから夏休みが終わって期末試験があるのよ、せっかく楽しい夏休みなのに、あとで期末試験があるなんて、憂鬱になっちゃうわ、でもこれで来年まで期末試験がないから、安心、思いっ切り遊ぼうと、今から計画しているの、行事は沢山あるわよ、でもそれは学科とは直接関係ないことばかりだから、気が楽だわ、いやね、学科の勉強は、でもみんなもしていることだし、我慢、我慢、苦しいときのあとには必ず楽しいことがあるから、人間って生きて行けるのかもしれないわね。ではまたね」

優子

十月二日

追伸

「大事なこと忘れてた。沢山な栗、ありがとう。これを書こうと思って鉛筆にぎったのに、肝心なこと忘れてしまってたわ、さっそく栗ご飯にしたわよ、それでもまだ沢山あったから、栗きんとんをしたり、蒸してたべたり、ここ二三日栗づけみたいだったわ、栗の皮固いけど、おしゅべりしながら皮を取っているうちに、いつしか終わっているんだもの、そんなときってとても楽しいのよ、久しぶりに故郷に帰ったみたいな感じ、秋にはいろいろな果物が田舎にあったのよね、柿や椎の実、それにアケビも、思い出しちゃった。やっぱり田舎は楽しいわ、それではまたね、さよなら」

「お兄ちゃん元気、あたしとても元気、でもね、この前ね、校長室に呼び付けられて叱られたの、なぜだか分かる、実はね、体育の時間が終わった放課後、あたし鉄棒に下がって逆上がりの稽古をしていたの、あたしお尻が大きいせいか、なかなか逆上がりができなかったの、それをね、友達三人と稽古をしていたのよ、それを校長先生が窓から見ていたらしいのよ、校長先生ね、言うのよ、高校生にもなって女子がスカートのままで鉄棒に下がるなんて行儀の悪いことをするものではありません。ですって、でもね、あたしたちスカートの下にちゃんと体操用の短パンをはいているのによ、帰るときは荷物になるから、あたしたち大抵の人が短パンつけたままスカートをはくの、これ行儀が悪いことかしら、だからね、あたし言ったの、これからはスカートを脱いで鉄棒の稽古をしますって、おかしい、お兄ちゃん、でも後でよく考えたら、スカート姿のままで逆上がりの稽古したら、あまりカッコ良くないわね、少し反省中なの」

優子

十一月五日

「今年のクリスマス、あたしケイキを食べられなかったの、悔しかったわ、夏頃から少し虫歯が痛むって言ってたでしょう、お兄ちゃんが早く歯医者に行った方がいいって言って下さってたわねぇ、でもあたし恐くて行かなかったの、そしたら冬休みになる少し前から痛みがひどくなったの、歯医者さんから錐のようなものでジリジリされちゃったの、あたし恐くて気絶しそうだったわ、もうこれからはチョコレイトを食べないから、お許し下さいって、マリヤ様に一生懸命お祈りしたのよ、中学校のとき、あたし歯のコンクールで歯並びがよく、虫歯が一本もなくて表彰されていたのに、少し驕ってしまっていたのね、今猛烈に反省しているわ、それではまたね」

優子

十二月三十日

「学期末試験、数学で落第点取ってしまったの、高校は中学校のように義務じゃぁないでしょう、だから補習授業を受けて再試験を受けなければならなかったの、恥ずかしかったわ、それでお母さんには内緒にしてたの、そしたら通知表を貰う日に、父母との懇談会があったの、それでバレてしまったの、叱られちゃったわ、なぜ言わなかったかって、でもね、あたし思うの、何で幾何とか、解析とか勉強しなければならないのかって、そんなもの解らなくたって生活には困ることないでしょう、それよりあたし、人生にはもっと大切なこと沢山あると思うの、例えば人に対する優しさとか、思いやりとか、でもそんなものは評価の対象にならないのね、悲しいわ、でもあたしこれからもそれだけは大切にして生きて行きたく思うわ、お兄ちゃんの意見、聞かして……」

優子

三月二十日

「人を慈しむ心がいかに大切か、身をもって体験したわ、実はね、先日あたしたち音楽部が三つの班に分かれて、養老院や孤児院に慰問に行ったの、あたしたちの班は結核療養所に行ったの、そこにはね、小学生が親元を離れて結核や気管支炎の療養で入院しているの、それであたしたち、そこの小学生の前で、簡単な楽器を集めて器楽演奏をしたの、唱歌や童謡ばかり、そしたらね、子ども達、瞳をキラキラと輝かせながら、真剣にあたしたちの演奏を聞いてくれたの、子ども達の輝く瞳ってとても素敵ね、あたしたちの方が感激しちゃったわ、それでね、あたし考えちゃったの、学校の先生になろうかなぁって思ったの、でもあたしには無理かな、頭が少しポイだから……でもあたし頑張るわ、お兄ちゃんがいつも言っているように、人間あきらめたら、何にもできなくなるって、それほんとうだわ、だからあたし、これからもお兄ちゃんに負けないように頑張るわ、療養所の子ども達、春休みになっても家に帰られないんですって、かわいそうね、子ども達も頑張っているんですもの、あたしたちも頑張らなくちゃね」

優子

四月七日

「お兄ちゃんありがとう、お兄ちゃんも同じ意見で、あたし嬉しいわ、人間って誰もが優しさを求めて生きているると思うのね、だからあたし、これからも人には優しくして行こうと思うの、お兄ちゃんと同じ意見で、あたし安心したわ、でもあたしお兄ちゃんの言うように、勉強も大切にするわ、そして嫌いな科目にも立ち向かって行く気持ちを忘れないようにするわ」

優子

六月二十日

「あたしね、夏風邪引いちゃったの、熱があってね、とても苦しかったわ、あたし寝たきりで何考えていたと思う……実はね、お兄ちゃんが突然見舞に来てくれないかなぁって、そんなことばかり考えていたの、でも来てくれるわけないわよねぇ、お兄ちゃん、あたしが風邪で苦しんでいるなんて少しも知らないんだから、でもそんなこと、独りで想像していると楽しくなるわ……、今年はもう駄目だけれども、来年の夏休みにまた松本に行けるといいわねぇ、あたしは毎年行きたいのだけれども遠いでしょう、東京を朝発っても、翌日の昼にしか松本には着けないんだもの、それでも行くときはいいのよ、もう少しでお兄ちゃんに逢えると思うと希望があるでしょう、でもね、帰りは寂しいの、悲しいのよ、とっても、でもね来年はきっと行くわ、待っててね」

優子

八月二日

追伸

「同封のあたしの写真、かわいいでしょ、あたし自身も気に入っているの、ホントはね、二人で写っているの、でもね、もう一人の彼女、学年で一番の美人なの、二人一緒のを送ると、お兄ちゃん、その子の方に気が移っちゃったらやだから、その部分切り取って送ったの、この写真、机の前の壁に張って、毎日見てね、ではまたね」

「お兄ちゃん、お元気ですか、あたし至って元気、秋の始まる頃は木ノ葉が散って、何か物悲しいけれども、秋は楽しいことも一杯あるわねぇ、体育祭、文化祭、見学旅行など、殊にそうした催し物の準備をしているときが、あたし一番好きなの、あたしねぇ、文化祭に出品する作品を創ったの、何を創ったと思う、実はね、薩摩芋やキュウリ、それにナスの縫いぐるみなの、いろんな色の布を使って、それぞれの形に仕上げるの、あたし夢中で創ったのよ、楽しいわよ、そしてね、学校での評判もとても良かったの、これ程みんなから褒められたの初めてだわ、それからね、あたしたちの学校では毎年文化祭のすぐ後、賛美歌コンクールがあるの、そしてね、あたしたちのクラスが金賞を受賞したのよ、あたしがピアノ伴奏をしたのよ、あたし勉強の方はあまり得意じゃないでしょう、だからこんなことになると、がぜん元気が出て頑張るの……つい嬉しくなってお便り書いたの、ご免なさい、自慢話ばかり書いて、でもお兄ちゃんに一番に知ってもらいたかったの、だから許してね、それではまたね」

優子

十一月十日

「お父さんが昨年の秋からお仕事で北海道に行ったの、ほんとは家族で移り住まなくてはならないんだけれども、あたしの学校のこと考えて、お父さんだけが単身で行ったの、それでクリスマスが終わって冬休みに入った日から、あたしたち家族で北海道に来たの、北海道ってあっちもこっちも雪ばっかり、それで近くのスキー場にスキーを習いに行ったの、でもスキーって難しいわねぇ、少しだけ滑ることができるようになったけど、体全体の筋肉がこって、翌日は朝起きるのさえ大変だったわ、でも冬休みが終わるまで、もう少し練習して滑れるようになりたいわ、でも友達がいないから寂しい、これがお兄ちゃんのところだったらほんとに楽しいのになぁ」

一月四日

北海道にて　優子

「北海道から帰ったら、年賀状が沢山きていて、嬉しかったわ、あたしね、一番にお兄ちゃんからの年賀状を探したのよ、そしたらあるじゃない、あたし嬉しくて、嬉しくて、お兄ちゃんなかなかお手紙、書いてくれないものね、でも来ると、倍は嬉しくなるの、これからも暇があったらお手紙ちょうだいね、あたし鶴の首で待ってるのよ、亀の首ではないのよ、あたしも書くから、でもこれから期末試験がやがて始まるの、試験が終わるまで当分お手紙書けないけど、終わったらまた書くわ、それではまたね」

優子

一月十日

「お兄ちゃんありがとう、学期末試験、一回で全科目に及第点とったのよ、いやな科目の数学もよ、これもお兄ちゃんが励ましてくれたお陰だと思うわ、こんな気持ちのいい学期末も初めてだわ、今年の春休みは安心して遊べるわよねぇ、できたらお兄ちゃんのところへ行きたいんだけど、今はお父さんも北海道に行ってて家にいないし、お母さん許してくれないの、今ごろお兄ちゃんのところでは、毎朝霜が降りて、あの霜柱が朝日にキラキラと輝いているんでしょ、あの輝きってとても素敵だわよねぇ、真珠の輝きとダイヤモンドの輝きとを一緒にしたくらい素敵だわ、それに梅林の花も素敵でしょうね、やはりお兄ちゃんのところが御伽の国みたいで、一番素敵だわ、あたしの心はお兄ちゃんのところへ飛んでいるのよ、でもお父さんのいない春休み、伸び伸びして遊べるから、まぁそれもいいか……」

優子

三月一日

「お兄ちゃん、二十四の瞳、本で読んだわよ、お兄ちゃんがいつも本を読め、読めって言うから、あたし我慢して読んだの、そしたら良かったわ、あたし何回も涙、ボロボロ流しながら読んだわ、あたしね、これまで童話本か、マンガ本しか読んだことがなかったの、長編になると、少し読むとすぐに飽きちゃってなかなか続かなかったの、でも二十四の瞳は分かりやすかったし、一気に読んでしまったわ、これからはなるべく多くの本を読もうと思っているの、そしていろいろなことを吸収して、もっと視野の広い人間になろうと思うようになったわ、お兄ちゃんありがとう、またいろいろなことをあたしに教えてね」

優子

六月三日

「今、日曜礼拝から帰ったの、あたし眠くて眠くて、賛美歌のときはあたしがオルガンを弾かなくてはならないから、眠るわけにはいかないけど、神父さんのお話しが退屈で、その間中、こっくりこっくり居眠りばかりしていたの、日曜礼拝っていやねぇ、でも日曜礼拝は学校の規則で、義務になっているから仕方がないの、その代わり月曜日がお休みだから我慢するけど、なぜ居眠りしたくなったか分かる、実はね、お兄ちゃんの浴衣、お母さんに内緒で縫っているの、学校で習ったばかりだから、だれにも教わらなくても構わないの、それでお母さんが眠っている夜に作るの、ウッフフフフ……、できたらすぐに送るわ、七夕までに、そして織女星と牽牛星を見てあたしのことを思い出してね」

優子

七月二日

「夏休み、今年もとうとうお兄ちゃんに逢えなかったわねぇ。お父さんが北海道に行ったままだし、しかたなくお母さんとお盆明けに北海道に来ているの、北海道って遠いのよ、松本に行くよりずっと遠いの、汽車も悪いし、鈍行のような汽車なの、それに津軽海峡を隔てているでしょ、船に乗り換えて、また汽車なの、うんざりだわ、でも東京にいるより涼しくていいかな、お星様もきれいで……あたし考えたの、なに考えたか分かる、それはねぇ、お兄ちゃんも今ごろこのお星様見ているかなぁって、遠く隔てていても、同じものを見ていると思うと、楽しくなるわよねぇ、八月いっぱい北海道にいるから、お兄ちゃんも毎日星空見ててね」

優子

八月二十四日

追伸

「北海道に来てからすぐ、家族で小旅行をしたの、そしたらね、ジャガ芋を蒸して売ってたの、おいしかったわ、お兄ちゃんとこのジャガ芋もおいしかったけど、北海道のはまた別な風味があるの、それにトウモロコシもね、新鮮だからかしら、それに牧場見学もしたんだけど、そこで飲ませてくれる牛乳もとてもおいしかったわ、あたし東京で売っている牛乳しか飲んだことがなかったから、牛乳のホントの味、知らなかったのね、驚いたわ、これお兄ちゃんにも飲ませてあげたいんだけどなぁ、でもお兄ちゃんもいつも新鮮なものを食べているんだから、まぁ、いいか、その代わり北海道の景色を映したこの絵葉書送るわ」

「期末試験無事終わったわ、お父さんがいないとついノンビリになっちゃうの、勉強の方も、それでなにかも一夜漬けなの、それでもどうにか及第点取ったから、ひとまず安心、実りの秋っていいわねぇ、柿、とてもおいしかったわ、子どものころ、木に登って食べたわねぇ、あのこと時々思い出すのよ、あたし元来からのお転婆だから、木に登ったりするの大好き、そうそう、先日ね、公園の近くを歩いていたらね、おばあちゃんと遊んでいた女の子が風船を飛ばしたの、その風船が木の枝に引っ掛かっているの、おばあちゃんが取ってあげようとしているけど、手が届かないところにあるの、それであたしが木に登って取って上げたの、そしたらね、小学校くらいの男の子が三人、あたしを下から覗いてワイワイ騒いでいるの、いやらしい男の子ねぇ、あたし男の子を一人捕まえて、腕、ねじり上げてやったわ、そしたらね、男の子、このお姉ちゃん、女のくせして力強えぇね、なんて言うのよ、あきれたわ、もっとこなしてあげればよかったわ、でもあたしもやっぱりお転婆ねぇ、そんなお転婆女、お兄ちゃん嫌い」

優子

十月二十日

「天高く、馬肥える秋、食欲の秋、灯火親しむ秋、秋ってほんとにいい季節ね、食べ物はおいしいし、楽しい行事も沢山あるし、でもね、今年は読書の秋にしようと思っているの、書物をたくさん読んで、いろんなことを吸収して、視野を広めようと思っているの、お兄ちゃん、いい本があったら教えて、図書館に行ったら、本が沢山あってどれから手をつけたらいいか分からなくなってしまったの、これだけの本、読むの不可能だから、なるべくいい本だけを選んで読まないと、時間、いくらあっても足りないものね、お兄ちゃんが読んでいいなと思った本、教えてね」

優子

十一月三日

「お兄ちゃん、お手紙ありがとう。お兄ちゃんが言っているように、これからは古典といわれているような本の、ただ粗筋だけを追うのではなく、辞書を片手に一言一句を、理解しながらじっくり読もうと思っているの、それからもう一つ、お転婆は若さの証しだから、いいって言って頂いて、あたしも勇気百倍、そうよねぇ、今からお母さん見たいに落ち着いていたら気味が悪いわよねぇ、あたしはずっとお転婆でいたいわ、あたしね、そんなお転婆女、お兄ちゃんが嫌いって言うのではないかと、少しだけ心配だったの、でもね、なにごとにも好奇心を旺盛にして、お転婆しているのは、生きている証しって、お兄ちゃんも言ってくれたから、あたし安心、これからもお転婆の優子でいいかしら」

優子

十二月三日

「今度の正月、お父さんが一時帰京することになったの、お母さんは喜んでいるみたいだけど、あたしはいやだわ、せっかくこれまでゆっくりできたのに、お父さんが家にいると息が詰まりそうなの、無口で何考えているのかも分からないのよ、それでいてあたしのしていることには絶えず目を光らせるのがよく分かるの、これでお母さん、ほんとに仕合わせだろうかと思うのよ、だって新聞を読んで、あと仕事関係の資料に目を通し、対話なんて少しもないの、言葉といえば、飯、風呂、寝る、だけなのよ、お仕事から家に帰っても、ただいま、も言わないのよ、あたしやお母さんが、お帰りなさい、と言っても、うん、とだけしか言わないの、出るときもおんなじなんだから、子どものときからそうだったから、それが普通と思っていたけど、友達の家庭を覗いて、それが普通じゃないことが分かったのよ、やはりわが家はへんだわよねぇ、あたし対話のある家庭に憧れているの、お兄ちゃんの家では、おばさんも交えて、いろんな話があるものね」

優子

十二月二十八日

「お父さんが北海道に発って十日、清々したけど、もうやがて期末試験が始まるの、今年の正月は散々だったわ、楽しみのお雑煮も半減、機嫌のいいのはお母さんだけ、お父さんがいると、あたしが無口でお転婆しないから、それでお母さんも安心で機嫌がいいのかしら、でも家の中は真っ暗闇、やっとお父さんがいなくなって、ホッとしたら、やがて期末試験でしょ、でも苦しみのあとの楽しみを想像したら、倍は楽しくなるから、我慢、我慢、試験が終わったらまたお手紙書くわ、お元気でね」

優子

一月十五日

「お兄ちゃんからお手紙が届くと、あたし元気が出るのよね、ありがとう、試験も無事終了、一応及第点に達していたから、三年生に進級できることが決まったのよ。三分の一くらいの人が、色々な科目の追試験を受けなければならなかったんだけれども、あたしは全科目が一発で及第点だったの、これはお兄ちゃんの励ましのお手紙をいただいたからだわ、お兄ちゃんのお手紙には力があるのよね、そしてお兄ちゃんのお手紙が届くと、必ずいいことがあるのよねぇ、これからもお手紙ちょうだいね、あたしの仕合わせを祈って、あたしもいつもお兄ちゃんから見守られているみたいでシ・ア・ワ・セ」

優子

三月一日

「そうだったわねぇ、お父さんが家を守ってくれるから、あたしたち安心して生活が続けられるのよねぇ、そのことすっかり忘れてたわ、こんな不満は贅沢でしかないのよねぇ、でもお父さん、元気で留守がいいわ、これが本音、でもこれからは感謝の気持ちも忘れないようにするわ」

優子

四月二日

「新緑の五月ね、今ごろ周囲の山々は椎ノ木の新芽、楠木の新芽などが、深緑、真緑と、同じ新芽でも色んな色彩で、目にまぶしいのではないかと想像しているのよ、それに麦刈りが終わると、蛍川には、蛍の乱舞がはじまるのね、蛍が光を放ちながら一塊になって移動しているのを初めて見たとき、夢見ているような心地だったわ、あたしたち麦藁で作った蛍カゴを手に、蛍をよく追って遊んだことが、いい思い出として今なお忘れないでいるのよ、芳坊がよく、暗闇であたしを脅かしてたわね、あたしそのたびにお兄ちゃんにしがみついてたわねぇ、芳坊、元気かしら、幸ちゃんからはときにお手紙来るけど、辰雄君や芳坊のことは殆ど書いてないからわかんないの、思い出すわ、今年の夏休み、また行きたいけど、お母さんが許してくれそうにもないからあきらめるしかないの、でもなかなか逢えないから、逢ったときの喜びもまた大きいのかもしれないわね、また逢える日を楽しみに、あたし頑張るわ、お元気でね」

優子

五月二十日

「明日から夏休みなの、お母さん北海道に行こうと言うんだけど、あたし行かないと言ったの、東京を出られるのは嬉しいけど、往復するだけでうんざりだわ、冬だったらスキーができるから我慢するけど、夏休みではそれもできないし、そしたら急に友達から山梨県の山中湖に行かないかと誘われたの、そこには友達の家の別荘があるの、あたしたち十人くらいで、別荘近くの湖畔でキャンプを張ることが決まったの、楽しみだわ、だって東京には星空がないんですもの、でも山中湖だったらお星様がゆっくり見られるんだもの、そして流れ星が見つかったら、今度こそあたしの願いを流れ星に託そうと思っているの、どんな願いを流れ星に託すか、お兄ちゃんに分かるかしら、でも今は内緒よ、だって、願いは一人で密かにしなければ聞いてくれないんですもの、キャンプが終わったらまたお手紙するわ、お兄ちゃんもお元気でね」

優子

七月二十日

「山中湖の湖畔にテントを張り、夜にはキャンプファイヤーをするつもりだったのが、それができなかったの、一応テントは張ったのよ、でもね、宿泊は別荘でないといけないと、おじさんから禁止されたの、その代わり管理人のおじさんが色々と気を使ってくださり、一日だけ湖畔でたき火をしてキャンプファイヤーの気分だけは味あわせてくださったの、水上スキーをしている人もいたけど、あたし泳ぎができないでしょ、だから見るだけでした、でもモーターボートで湖上を猛スピードで走ってくれたわ、あたし少しだけ操縦したのよ、水上だから滑らかに走るのかと思っていたら、砂利道を車で走っているみたいに、振動が激しいのには驚きだったわ、そしてね一日は富士山に登ったの、といっても中腹まで、頂上がすぐそこに見えて、あと少しで着けそうなのに、これからが大変だからって、登山もそれまで、何か未練ばかりが残った感じ、それでも管理人さんは、元学校の教師だった方で、山での色んな遊びを知っておられて、竹細工や、植物の見分け方やなど教わったわ、木葉の形状による見分け方、茎と葉のつき方など、植物によって色々個性があり、それらを分類しながら覚えると、比較的簡単に覚えられるのね、そして植物の名前を覚えると、植物が身近に感じられて、より美しく思われるのね、そうして毎日、山の中を散策しては、湖畔に寝そべって甲羅干ししたり、夜はみんなでトランプしたり歌を唄ったり、お菓子を食べたり、だれも叱る人がいないから、自由勝手放題、管理人のおじさんがいい人で楽しく、十日間はあっという間に過ぎた感じだったわ、でもね、何か少しだけ物足りないの、なぜだか解る、それはね、お兄ちゃんがウッフフフ」

山中湖にて　優子

八月四日

「お盆明けにお父さんが急遽帰って来たの、あたし散々叱られちゃった、なぜだか分かる、それはね、お父さんがいない間に、あたしとても行儀が悪くなってたから、女子ばっかりの学校に行っていると、気を使う人がいないから、段々そうなるのね、それに山中湖では立ち食いや、あぐらをかいて座ることも平気になっちゃうのね、ついそれが出てしまうのよね、でもお母さんみたいにいつもきちんと正座した生活してたら、あたしくたびれてしまうわ、シスターみたいな生活はあたしにはできないもの、ときには長々と寝そべりたいし、おしゃべりしながらお菓子を食べるのって最高と思わない、でも今は少しだけ反省しているの、お父さんの手前だけでも」

優子

八月三十日

「前期の期末試験が終わったから、これから文化祭の準備に入るの、演劇部、音楽部、美術部や各種文化部、それに体育部も加わり、いろんな催しが計画されているの、通常は男子禁制だけれども、この日は誰でも入場ができるの、楽しみだわ、あたし音楽部だけれども、今回はいろんな部門に別れて、新しいことを試みるの、木琴とか、ハーモニカ、それに和太鼓などを交えて、だれもが知っている音楽に、趣向を凝らして、分かりやすく面白い演奏をすることになったの、どんな演奏になるか楽しみ、それにあたしたち三年生だけで、ぜんざいや、おうどんを作って安く販売するの、その売上金は施設に寄付することが決まっているの、あたしって授業のときはすぐ眠くなっちゃうけど、こんなことになるとがぜん張り切っちゃうの、だって変化があって面白いじゃない、沢山の人に来ていただけるといいなと思っているのよ、お兄ちゃんにも見ていただきたいわ」

優子

十月十日

「あたしね、大失敗しちゃったのよ、今度の文化祭でぜんざいを作って販売することになったんだけれども、あたしね、ぜんざいを作るとき、塩の分量を間違えてしまったの、塩ってよく効くのねぇ、できたぜんざい、塩っぱくて食べられないの、それで水を足して薄めたんだけれども、まだ塩っぱいの、それでまた小豆を炊いて加えたんだけれども、それでもまだ塩っぱいの、あたし責任を感じちゃって、さらに小豆を買い足して加えたの、だから当初計画の三倍くらいの量になってしまったのよ、売れ残ったら全校生徒に協力願おうと思っていたら、これがね、大変評判が良くて、全部、それも一日半で売り切れてしまったのよ、何回も煮詰めたものだから、小豆がとろりと溶けておいしいんだって、ケガの功名っていうのかしら、お陰で当初計画の倍以上の資金が集まり、施設に寄付ができたの、新聞にも掲載されてあたし大満足なの、このぜんざいお兄ちゃんにも食べさせてあげたかったなぁ」

優子

十一月十日

「お兄ちゃん、お元気、あたしはねぇ元気がないの、とても滅入っているの、なぜだか分かる、実はね、今年が大学への進学試験でしょう、進学が危ういの、系列の大学だから、一般の受験生よりは有利だけれども、三年間怠けてばかりいたから内申点が悪いと思うの、クリスマスも正月もなく夢中で勉強したのよ、でももう息が切れそう、何でこんなに勉強しなければならないかって、ときどき疑問に思うの、人間生きるって苦しいことばかりなのねぇ、だから今こうしてお便り書いているの、お手紙書いているときが、あたしの一番楽しいときなの、結果はどうでもいいような気持ちになるの、とにかく試験が早く終わればいいって、今はそんな気持ち」

優子

一月六日

「お兄ちゃんありがとう、あたし入試に合格したの、お兄ちゃんの励ましがあったので、あれから優子一生懸命に頑張ったのよ、お兄ちゃんが、人生はあきらめずに、勇気を出して最後まで頑張らなければ何もできないって言って下さったから、あたし頑張れたのよ、ホントよ、ありがとう、これからもお兄ちゃんの言う通り頑張るわ、人生って苦しいときがあるから、楽しいこと、喜びが実感できるのね、滅《め》り、張《は》り、が人生の重要な要素なのね、芽吹きの春があって、暑い夏に耐えながらたくましく育ち、そして実りの秋を迎える。そして寒い冬にも力一杯耐えながら、やがてやって来る春に備える。それの繰り返しが人生なのね、そして苦しみが大きいほど、またやがて、いや、必ずやってくる喜びを精一杯享受できるのね、お兄ちゃんもこうして頑張っていると思うと、あたしにも勇気が湧いて来たの、これからもお兄ちゃんに負けないように、あたしも頑張るわ」

優子

三月三日

「あたしとうとう大学生になったの、中学校からずっと女子ばかりの学校でしょ、だから男性を理解するためにも、大学は男性のいる大学の方がいいかな、なんて考えていたの、だってもうそろそろボーイフレンドも欲しくなる年頃でしょ、でも今度も女子大なの、女って男性がいないと行儀が悪くなるのよね、でもボーイフレンドができると、途端に行儀が良くなるのよ。だからあたしもボーイフレンドつくってみようかしら、そしたら少しは行儀が良くなるかも……あっ、お祝いのお礼言うの忘れてた、父方の祖父母や母方の祖父母、外親戚の人や友達から、いろんなお祝いの言葉や、お祝いの品戴いたけど、あたしはやはりお兄ちゃんからのお祝いのお便りが一番嬉しかったわ、少し遅かったけれども、でもいいわ、お兄ちゃんは毎日忙しいんだから仕方ないわよねぇ、公園の桜も散って今は葉桜になったけれども、毎日天気がよく庭のツツジも蕾みが膨らみ、もうすぐ花が開きそう、池の鯉も楽しげに泳いでいるわ。どこかにドライブでもしたい気分……このまま天気がいいといいけど、雨も季節によってはとても美しいけど、都市部での雨は嫌やね、若いあたしたちには天気のいいのが一番ね」

草枕、空を見てたら白い雲
ふわりふわりと浮いている
あの雲どこに行くのだろ

草枕、空を見てたらお陽様が

ポカポカポカと暖かい
いつのまにやら夢の国
優子作

四月十五日

「お兄ちゃん、あたしボーイフレンドつくるなんてウソよ、だってあたしにはお兄ちゃんがいるじゃない、あたしお兄ちゃん以外の男性と交際するなんて考えたこともないわよ、お兄ちゃんは、沢山の友達をつくって、色んな人と交流し、友好を深めて、それらの人々から色んなことを吸収した方がいいと言って下さったけど、あたしね、ホントはボーイフレンドなんかつくってはいけないって、言って欲しかったのよ、それにあたし、お兄ちゃん以外の男性は怖いの、それによ、もしも、もしもよ、ホントにその人が好きになったらどうするの、それでもいいの、お兄ちゃんのバカ!……」

優子

五月十日

「お兄ちゃん、お元気、あたしいたって元気、この前はごめんなさい、あたしお兄ちゃんの気持ち、確かめたかったの、疑っていたわけではないのよ、そして少し甘えてみたかっただけ、ホントは信頼しているのよ、でもあたし行儀が悪いから、こんなお転婆な女、お兄ちゃんに嫌われるのではないかと、その方が少し心配だったの、大学生になったんだから、少しは落ち着かなくてはと、このごろ思っているのよ。今度大学になると、これまでの高校みたいに、朝から同じ教室で全員が同じ教科を受けることが少ないの、それで暇な時間が結構あるのよ、この間、なにしたらいいか迷っちゃうの、お兄ちゃんだったらなにする、したいことは沢山あるんだけれども、時間が中途半端なの、でもお兄ちゃんがいつか言ってたように、時間は無限、でも個々人に与えられた時間は有限、その有限の時間をいかに有意義にすごすことができるか否かで、人生が決まるって……あたしこの言葉かみしめて、できるだけ有意義に過ごそうと考えているのよ。殊に今日は時の記念日でしょ、お兄ちゃんの知恵、あたしにも少し分けてちょうだいね」

優子

六月十日

「大学入学してもう三カ月、やっと新しい友達とも気心が解り合えるようになったみたい。これまでの高校と違い、今度は全国から色んな人が集まってるでしょ、だから色んな地方の方言が聞けて、とても面白いのよ。もちろんあたしたちが使っている言葉も、東京地方の一つの方言だけれども、東京以外の方言を聞いていると、なにかとっても暖かみがあって、そのままその人柄を表しているみたいで、なにか胸がワクワクするの、たまには自分の言葉の訛りを気にしている人もいるけど、全然気にする必要はないと思うのよ。だれだってあたしたちにはない《故郷》というものを、それぞれの人が持っているんだもの、あたしたちから考えると、むしろ羨ましいことなのよねぇ。でもあたしは違うわ、お兄ちゃんのところが故郷のような、いや少し違うかな、心の寄りどころというか、いや、支えというか、あたしうまく表現できないけど、暖かく包み込んでくれるところ、そんな気がするのよ」

優子

七月十日

追伸

「今度の夏休み、あたしアルバイトするのよ。高校までは禁止されていたけど、大学では自由なの、どんなアルバイトか分かる、実はねぇ、デパートの包装係のお手伝いなのよ。この前、面接に行って決まったの、明るくて、しかもなかなか元気があるからいいって言って下さったの、あたし元気のいいだけが取り柄だものね、あたしから元気を取ったらなにも残らないものね、家庭教師も頼まれたけど、あたし机につくこと自体、あまり好きではないでしょ。だから断ったの、条件は良かったのよ、でも結果が出なかったら責任を感じちゃうし、お兄ちゃんがいつかも言ってたように、勉強なんて自ら向かう気にならないと結果は出ないものね。アルバイトで頂いたお金、あたし何に使うか分かる、それはね、それはね……今は内緒なの……」

「お兄ちゃん、あたし悔しいの、お盆明けにアルバイトで戴いたお金で、お兄ちゃんのところへ行こうと思ったの、でもね、お母さんがどうしても許してくれないの、今、お父さんもいない留守中に、あたしだけが松本に行くのは心配だって言うのよ。あたしもう大学生なのよ。いつまでも子どもと同じ扱いしかしないんだから、でもお父さんのところだったらいいって言うのよ。でも北海道は遠いし、お父さんに会ったって窮屈なだけで、少しも楽しくなんかないんだものね。いただいたお金、貯金にして次に備えることにするわ。それでね、あたし名義の貯金通帳を作ったの、なんだか不思議ねぇ、自分名義の預金通帳を見るの、嬉しいような、恥ずかしいような、そんな気持ち……お父さんがいない内に、思いっきり羽根を伸ばそうと思ったけどあて外れ、人生ってなかなか思い通りには動いてくれないのね。だから、この前、お兄ちゃんからのお手紙に書いてあったように、あたしこの夏休み、できるだけ読書に専念しようと思うの、だってあたしに与えられた時間は有限だものね」

八月二十日

優子

追伸

「あたしね、お兄ちゃんへのお手紙で、自分の両親のこと、お父さん・お母さん、て書くでしょ、おかしいかしら、よそでは父・母なんて言っているけど、お兄ちゃんに、父とか、母とか書いたら、なにか響きが他人行儀で冷たい感じがするの、やっぱり今まで通りにするわ、じゃ、お元気でね」

「前期の試験が終わり、ホッとしたのも束の間、お父さんが十一月には帰京することになったの、また窮屈な生活が始まるのかと思ったらうんざりだわ、でもほんとはこんなこと言ってはいけないのよね。お父さんのお陰で生活ができているのだから、そうそう、もうそろそろ柿の収穫時期だわね。野原のあちらこちらに実った柿の実が、葉のない柿ノ木に色づいていることでしょうね。あたしあの風景思い出すと、お兄ちゃんが木に登って、摘んだ柿の実を、落としてくれるの、あたし、下でスカート広げて柿の実を受けていたのを思い出すのよ。お兄ちゃんが一どきに、いくつもの柿の実を落とすものだから、支えきれなくて落としてしまって、でもおいしかったわねぇ、あの柿、ゴマが一杯詰まってて、それから二人してススキの野原に寝っ転がって、雲の流れるのを眺めたこともあったわよねぇ。懐かしいわ、あのころが、あたしね、ほんとはあのころから、お兄ちゃんのお嫁さんになれたらいいなって考えていたような気がするのよ、でもまだ子どもだったから、これほかの人には内緒よ」

優子

十月三日

「お兄ちゃん、あたし、いま帰り着いたとこ、これまでにも何回かお兄ちゃんに会いに行ったけど、そのたびに帰りの汽車の中では寂しくて、悲しくて泣いたけど、こんどそれが全然ないのよ、得した感じ、なぜかしら、不思議なの、やっぱり思い立ったことは躊躇せずに実行することね。これが逆に計画していて、実行しなかったら、いつまでもモヤモヤが取れず、悔しい思いだけが残ったかもしれないわね。お兄ちゃんにお逢いできて、ホントに嬉しかったわ、楽しかったわ、お母さんには友達のところへ行ったついでに、おばあちゃんにも会ってきたって説明しているの、お父さんがいないから、これができるのよね。お父さんったら、あたしには直接は何も言わないけど、お母さんにはあたしの行動を色々聞いているみたい。でもいまはまだいないから安心、柿ノ木に登るの、あたしうまいでしょ、小さいころ、あたしも柿ノ木に登りたいってお兄ちゃんにおねだりしたら、お兄ちゃん、あたしを肩車にして、枝の一番低いところまで押し上げてくれたわねぇ。それであたしも満足して、考えたらあれからもう十年以上も経っているのよね。でも子どものころの記憶って鮮明なの、ついこの間みたいな感覚なの、でも秋の夜空もお星様、ほんとうに奇麗だわ、今回カシオペア、アンドロメダ、それにぎょしゃ座、おうし座を見ながら、お兄ちゃんから教ったギリシャ神話を思い出したのよ。東京には星空はないものね、今度の冬休みにもしっかりアルバイトして、春休みにはまた逢えると思うわ。いまからそれが楽しみ、お星様を一緒に見たあの夜の、お兄ちゃんの左腕の温もりが、あたしの右腕にまだ残っているみたい」

優子

十月二十五日

「他の大学との交流コンパで、ダンスパーティに誘われたの、軽快なリズムに乗って体を動かすのは嫌いじゃないから、あたし友達に誘われて初めて参加したんだけれども、最初はホークダンスかスケァーダンスダンスだろうと思っていたの、そしたらね、社交ダンスだったの、他校の男子学生ときたら、あたしを無理やり引き出して、酒臭い息を吹きかけてチークダンスをするのよ、あたしの胸に執拗に体を押し付け、腰に手を回して抱き締めたりするの、その上、少ししゃがんで、あたしの股間のところに異物を押し付けるの、あたし癪に触ったから、その男子学生の股間に、膝蹴りを入れてやったわ。そしたら男子学生、その場にしゃがみこんだわ……、ホントは男子学生から逃れようとしたの、でも執拗にしがみついて離してくれないの、だから苦肉の策として膝で蹴ったの、そしたらたまたまタマに当たっちゃったの、こんなこと初めてよ。あたしそんなことする女に見えて、でも痛快だったわよ。そしてそのまま帰ったの、家じゃお父さんも酒を飲む習慣がないし、カトリック系の学校では飲酒は禁止されているから、あたし男性の酒飲んだ姿は見たことがなかったの、酔狂した男性の姿にあたしがっかりだったわ。そりゃー男性だったら少しくらいお酒、飲んだっていいけど、酒に酔って女性の体にすり寄るなんてのは侮辱だわ、最低だわ、失礼だわよねぇ。あたし絶対に許せないわ。もう二度と行くまいと思ったの、お兄ちゃんはお酒、お好き……少しはいいのよ」

優子

十二月二十八日

「あたし一人っ子でしょ、だから素敵で、優しい兄が一人いてくれたらいいなぁ、と思っていたの、そしてその実の兄がお兄ちゃんだったら、どんなに嬉しいことだろうかと思っていたのよ。そしたらいつも一緒に仲良く遊んだり、お話しをしたりできるから楽しいだろうなぁって、でもあるとき考えたの、何考えたと思う、それはね、お兄ちゃんとあたしが実の兄妹でなくて良かったたってこと、なぜだか解る、もしもよ、お兄ちゃんが、あたしの実の兄だったら、あたしがその実の兄であるお兄ちゃんを好きになっても、法律的には結婚できないでしょ、好きになっても結婚できなければ、苦しいだけじゃない、そんなの地獄よ、絶対いやだわ、お兄ちゃんはやっぱり、いまのままのお兄ちゃんで良かったと思っているのよ、あたし、下期の試験が終わったら春休み、この前の前期試験のときは、短い休みしかなくて、ゆっくりお会いできなかったけど、今度の春休みは一カ月あるから、またお兄ちゃんに会いに行きたいわ。でも今度はお父さんが家にいるから、それも難しそうなの、どうしたら逢えるか、そのことで頭が一杯なのよ。今は夜、東京を発てば寝ている間に朝になり、九州に着いているからだいぶ近くはなったけど、それでも往復すれば、二日以上はいるものね、早くいつでも会える日が来るといいわね」

優子

二月三日、今日は節分の日

「一年前の大学に入学したときだったけど、色んなサークルから誘いがあったの、その中の一つに《ノーガク部》と言うのがあって、先輩たちが誘いに来るの、あたし農業には関心があったし、即座に入ると言ったの、そしたらね、《農学部》でなくて《能楽部》だったの、サークルに連れて行かれてそれが分かったの、女子大に農学部のサークルがあるって、意外としゃれているなって思ったのよ。それが能楽と分かって、あたしあわてて断ったわよ。家に帰ってそのことお母さんに話したら笑われちゃったわ。それでお母さんは茶道部なんかがいいんじゃないって言うの、なぜだか分かる、それはね、あたしがお転婆だから、茶道なんかしたら少しは行儀が良くなるとお母さんは思ったのよね、きっと、あたしもそのころまだなにをしていいか分からなかったから、取り敢えず入ったの、そしたら茶道部なんて退屈なものね、あたしいつ辞めようかと、それればっかり考えていたの、だって茶道なんて、お上品な人がするものでしょ、あたしには合わないもの、隔週の稽古だから、それほど負担にはならなかったから、一年も続いたけれど、このまま続けるべきか否かで悩んでいるの、お兄ちゃんだったらどうする」

優子

三月三日

「お兄ちゃん、ありがとう、あたし決心がついたわ。茶道部は辞めることにしたわ、だって自分が本当に好きなものでないと、身が入らないものね、上達もしないわ、それにあたしは着物など着て、シャラシャラするのも嫌いだし、似合わないわ、あたしに与えられた貴重な時間を好きでもないことに費やすのは無駄だわよね、音楽は楽しみでやっているから、これからも細々でも続けるつもり、家庭に入っても音楽がある方が楽しいものね」

優子

四月十日

「お兄ちゃん、毎日雨ばかりで憂鬱なの、ことに都会での梅雨期はうっとうしいのよね、それに今年の春休みはお兄ちゃんにも逢えなかったし、不満が溜まっているの、そちらでも雨降っているかしら、もうそろそろ田植えの季節ね、あたしね、この季節になると思い出すことが一つあるのよ。それはね、芳坊から教わったんだけれども、雨上がりの日だったわ、大きなカエルを捕まえて、そのカエルのお尻にむりやり草の管を差し込み、空気を吹き込むの、そしたらね、カエルのお腹がパンパンに張るの、カエル、目を白黒させて逃れようとするのよね、それが面白く、何匹ものカエルのお尻に空気を注入するの、カエルたち、管を差し込まれたままグダーとなって水にも潜れないでいるの、いま考えたら、あたしたち残酷なことして遊んでいたのね。あのカエルたち、その後どうなったかしら、空気が抜けて元気が戻ったかしら、いまは猛烈に懺悔しているわ。梅雨が明けたらあたしの季節、あたしね、なぜか暑い夏が好きなの、お兄ちゃんは季節で一番好きなのはいつなの、あたし春も好き、秋も冬も好きだわ、でも夏が来ると、胸が踊るような気分になるのは、やはりお兄ちゃんとの思い出が一番多いからかもしれない。今年もアルバイトして、お兄ちゃんに逢える日が一日も早く来るように祈っているの」

優子

六月三十日

「お兄ちゃん、ありがとう、あたしの誕生日、覚えていてくれたのね。あたし大感激だわ、お母さんは別だけれども、お父さんなんか、あたしの誕生日も覚えていないのよ。と言ってもあたしもお父さんの誕生日、よくは知らなかったけど、でも今度は覚えたわ。あたしも今年の七月十六日で二十歳になったなんて、不思議な気がするの、なにかウソみたい、お母さんは十九歳で、お父さんのところにお嫁に来たの、そして二十歳のときには、もうあたしが生まれていたのよ。時代も違うけど、あたしなんか甘えん坊で、まだ子どもみたいでしょ、これでいいのかしらと、不安になるのよ。でもお兄ちゃんは物知りで、しっかりしているから安心、これからも色々と教えてね。あたしはお兄ちゃんが頼りだから、もちろん自分でも二十歳になったことを自覚して、しっかりした人間になるように努力はするわ、行儀よくするわ、けれどもね、頼りなく行儀の悪いのは、あたしだけでもないもの、友達だってみんなあたしと似たようなものだものね……、お兄ちゃんは、あたしたちはまだ若いのだから、若者らしくハツラツとしていていいって言ってくれたけど、ことによりけりね。そうそうお兄ちゃんから誕生日のお祝いに戴いた財布、ありがとう、使うのがもったいないような気がするの、あたしの宝物にするわ、大事なものだもの」

優子

七月二十日

追伸

「七月生まれの女は情熱家だって、そうよ、あたし情熱家なの、いつまでも情熱家でありたいわ、情熱を失ったら人間でないものね。お兄ちゃん、あたしね、これまで自分でも気づかない才能があることが分かったのよ、その才能というのはね、お兄ちゃんにも関係があるものなの、どんな才能か分かる、実はね、折り紙なの、先日ね、英語の講義を受けていたの、イギリスの大学から招聘された五十歳代の女性の先生なんだけれども、講義が面白くないの、イギリス人だから英語で講義するのはいいんだけれども、イギリス人の英語ってあたしたちには分かりにくいのよね、講義がつまらなくて、ぼんやりしていたの、そしたらね先生、あたしの前に立って、あたしをじっと見ているの、そしていきなり、オーッ、と言って、なにか意味の分からない英語でまくしたてるの、実はね、あたしの机の上は、紙を小さく折った折り紙がいくつも散乱していたの、あたし以前から退屈したりすると、無意識にそこらにあった紙で、折り紙をする癖があるの、この日も退屈だったから、無意識に折り紙していたのよね、それを見つけられてしまったの、先生はやや興奮気味だったから、てっきり叱られているものと思ったのよ、そしたらね、たどたどしい日本語で、「コレハ、ナントイウ、ゲイジュツナンダ」というのよ、あたし咄嗟だったから返事に窮して、《折り紙芸術》と言ってしまったの、すると先生、「オォー、オリガミゲイジュツ、トッテモ スバラシイネ、モウイチド、コレトオナジモノ、オッテクダサイ」というのよ、叱られているのか、イギリス人特有の皮肉なのか分からなかったから、あたしも開き直って、先生の目の前でツルを折ったの、そしたら先生、ますます興奮して「ジッニスバラシイ コレ アトデ ワタシニモ オシエテ クダサイ」というの、そして講義が終わってから、教授室に連れていかれたの、あたしたちにはなんの変哲もない折り紙なのに、教授室でもあたしの折り紙を、みんな興味深げに見ているの、外国人先生は日本語を覚えようともしないのに、こうした異文化には興味があるのかしらね。あたしが折り紙覚えたのは、子どものころだったわ、お兄ちゃんに奇麗な千代紙いただいてから、教わったのはおばあちゃんだったけれども、きっかけを作ってくれたのはお兄ちゃんだわ。以来、折り紙はあたしの癖のようなものなの、でもイギリス人は不器用ね、翌日、先生の要望であたしともう一人の友達とで、奇麗な千代紙をそろえて、教授室に教えに行ったのよ、そこにはフランス人なんかもいるんだけれども、総じて外国人は、折り目なんか正しく折れないのよねぇ、よれよれなの、それでもいろいろな折り紙を色紙に張り付けて、得意になっているの、日本文化《折り紙芸術》だなんて言って、外国人には面白いものなのかもしれないわね。その後、先生はあたしのこと、ユウコ、ユウコ、と言って特別親しくして下さるの、家にも招待して下さったのよ。お陰で先生とも仲良くなれたのは収穫だったわ」

優子

九月十八日

「今年はもうお兄ちゃんに会えないのかと思っていたけど、おばあちゃんが病気になってくれたお陰で……、病気になってくれたお陰、なんていったらおかしいわね、おばあちゃんが病気して、お見舞いに行けたお陰で、お兄ちゃんにも逢えたのね、おばあちゃんも、意外と元気で、それも嬉しかったけど、ホントはお兄ちゃんに逢えたのが一番嬉しかったのよ。疎開しているとき、あたしとお母さん、それにおじいちゃん、おばあちゃんの四人が隠居部屋で一緒の家族のような生活をしていたでしょ。伯父さんや従兄妹たちは別所帯のような感じだったし、それだけにおばあちゃんには特別な思い入れがあるのよ。よく可愛がってくれたわ。

そのおばあちゃんが病気と聞いて、見舞に行くと言ったら、お父さんも許して下さったのよ。おばあちゃん、とても喜んでくれたわ、あたしね、いろんなことをおばあちゃんに教わったわ、折り紙もそうだけれども、針仕事、つまり縫い物を覚えたのもおばあちゃんのお陰なの、針仕事ってとても楽しいのよ、創造でしょ、物を創るって、つまり造形だわね、自分でいろいろ想像して、それが思い通りにできあがるの、とても楽しいの、おばあちゃんがいつまでも元気でいてくれるのが、あたしの願い、そしたらお兄ちゃんに逢いに行く口実にもなるし、おばあちゃんも大事だけれども、ホントはお兄ちゃんに逢えるというのが本音なの、そうそう、稲刈り、もう終わったかしら、稲刈り最中で、お兄ちゃんの邪魔になったんではないかと少し心配だったの、それから夜ね、お兄ちゃんの家の掘りコタツに入って、あたしお兄ちゃんの手を握ったでしょ、向かい側におばさんがいるのに、最初の夜、あたしホントは胸がドキドキしてたのよ。でもお兄ちゃんも知らない振りして優しく握り返してくれたから、あたしとても嬉しかったのよ。もう最高だったわ、それに最後の日、辺りが暗くなるまで、お兄ちゃんの稲刈り作業の手伝い、というより、側にいて邪魔したわねぇ、あれ、外の男性となら絶対にしないことよ。例えあれがあたしと従兄妹の芳坊であっても、二人だけだったらあたし、気味が悪くて、逃げ出していたわよ。あたしあの夜、暗くなって誰もいない田圃の中で、戯れに稲藁の上にゴロリと横たわったわよねぇ、するとお兄ちゃんも、あたしのすぐ横で同じようにゴロリと横たわり、ちょうど真上にあった牽牛星と織女星を見ながら、牽牛と織女は一年に一度しか逢えないのだって話しをしながら、そっと手を握ってくれたわね。あたし夢のようだったわ、時間よ止まれ、なんて、もう朽ちた表現だけれども、正直そんな感じだったわ、あのときの余韻が、まだあたしの体の中でほのぼのと燃えているの」

優子

十一月三

「今年のクリスマス、あたしたち友達学生三人だけが、イギリス人の先生のお宅に招待されたの、あたしね、おみやげにお手玉を作って持って行ったの、そしたらね、先生とても喜んで下さったのよ。いろいろな柄模様の布を縫い合わせたもので、見た目には色とりどりで美しく、あたし自身も気に入ったものだったの、先生ね、帰るとき、みやげに本国に持って帰るから、もっと欲しいって言うのよ。それであたし今度の正月は、お手玉作りで忙しいの、針仕事してたら、時間の経つのも忘れるくらい楽しいのよ。今度、お兄ちゃんには何を作って上げようかな、それを考えるのも楽しみ、それとね、イギリス人宅のクリスマスだから、ケイキや七面鳥の料理などがたくさん出るのかと思って、わたしたちね、昼食もそこそこに控えて出かけたのよ。そしたらね、ケイキも、そうしたクリスマスの料理も何もなかったの、クリスマスツリーもないのよ、マリア様にお祈りをして、賛美歌を歌ったあと、クッキーが出てコーヒーをいただいただけ、あたし食いしん坊でしょ、がっかりだったわ、これまであたしたち、クリスマスには友達とケイキを食べてバカ騒ぎして喜んでいたけど、あれは日本人のするクリスマスだったのかも、そういえば高校まで、義務で日曜礼拝や、クリスマス礼拝で教会に行ってたけど、教会でもそんなご馳走なんてなかったものね、ではお兄ちゃん、もうすぐお正月、いいお正月を」

優子

十二月三十日

「年賀状と封書のお手紙と、小包が一緒に届いたのよ。嬉しさ三倍だけれども、一度にいただくの、もったいないみたい、先の楽しみを先取りしたような感じで、でもこの柿、お兄ちゃんの家の垣根のところにあった柿でしょ、こんなに大きくなるなんて驚きだわ。たしか富有柿とかお兄ちゃん言ってたわよね。あたしホントは気になってたの、あの柿、食べたらおいしいだろうなぁって、でもお兄ちゃんが食べようと言わないから、渋柿かもしれないとあきらめていたのよ。大きくて一個を一人では食べ切れないわ、あたしね、果物の中で、柿が一番好き、イチジクもおいしいわねぇ、夏蜜柑も、桃も、ブドウもナシもおいしいわ、やはり日本の果物が一番おいしいってことなのね。バナナやパパイヤーなども子どものころはとてもおいしいと思っていたけど、今になって考えたら、子どものころは珍しかったから、そう感じていたのね、やはり日本古来からある果物が一番だわ。いくら続けて食べても飽きないもの、コタツに入って喉が渇くと、一個をお母さんと分けて食べているの、お兄ちゃんの家の近くの風景を思い浮かべながら」

優子

一月五日

「あたしね、友達みんなが大学に進むから、あたしも大学に行かなければならないような気持ちになって大学に進んだけど、あたしにはしっかりした目的がないまま進んだでしょ、三年生になると、自分の専門課程に入るんだけれども、今になって何になろうかと迷っているの、小学校の先生になれるんだったら、それが一番良かったんだけれども、この大学には児童教育科はないの、中学や高校の英語の教師だったらなれるのよ、でも中学や高校の先生にはなるつもりはないの、しっかりした友達は、それぞれに自分の進路をしっかり見据えて大学を選んだのに、あたしは理系が不得手でしょ、だから入り易い系列の大学に、漫然と入っただけ、あたしってバカね。でもよく考えたら女がいくら一生懸命に勉強しても、いずれは家庭に入って、子どもを産み、育て、家庭を守るのが仕事でしょ、もちろん各界にはそれぞれ女性で活躍しておられる方もあるけど、あたしにはそんな技量も覚悟もないし、やっぱり家庭に入って、家庭を守る方が向いているみたい。英文学を勉強して、ウイリアム・シェイクスピアなどの作品を原文で読んで何になるの、そりゃぁ必要かもしれないけど、あたしはウイリアム・シェイクスピアの作品読んでたら恐ろしくなるばかりだわ、それよりあたしね、良き家庭をつくることをもっと勉強したいわ、お兄ちゃんの考えは」

優子

三月一日

「お兄ちゃん、ありがとう、あたしね、大学に入って勉強することについて、少し勘違いしていたみたい。ただ就職するために都合のよい技術や知識を得るためだけのものではないのよね。英語を勉強することは、世界に視野を広げる窓口をつくることでもあり、そうしたことで異文化に触れることは、自らを見つめ直すきっかけにもなるのよね。それにより客観的な判断ができるようになるのよね。それぞれの人が、そのようにより広い知識を身につけることが必要なのよね。家庭に入るからといって、そうしたことをおろそかにしてはいけないのよね。誰もがしたくてもできないことを、あたしはさせてもらっているのだから、贅沢言ってはいけないのよね。お父さんもお母さんも、あたしが大学に入るときも、入ってからもそのことには、少しも触れないの、だからあたしもこれまでただ漫然と過ごしていたの、でもこれからは自分がしなければならないこと、そして自分には何ができるかをしっかり見極めて、それに挑戦することよねぇ。お兄ちゃんに教えてもらってあたしもハッとしたの。分かるのが少し遅かったけど、お兄ちゃんの言う通り、お勉強することに無駄はないのよねぇ。お兄ちゃん、ありがとう、あたし、しっかり勉強するわ」

優子

三月二十日

「お兄ちゃん、こんにちは、とうとう三年生の新学期を迎えたわ。あたしね、いろいろ考えたの、なに考えたか分かる、実はね、三年生になったら専門課程を選ばなければならないでしょ、入学したのは文学部英文学科というところだったんだけれども、その中にもいろいろな分野があるの、あたしの選んだのは比較文化というところなの、その中にもいろんな選択肢があり、家庭の中での食生活や、生活習慣の違いなどを勉強する教室に入ったの、難しそうに聞こえるけど、実は、日本とイギリスの、そして日本人とイギリス人の食生活や文化の相違点と類似点などを、比較しながら勉強することなの、あたし食いしん坊だから、食べることに興味があるの、日本の食生活と、イギリスの生活とを比較しながら、栄養面でどのような特徴があるのか、それによってどのような影響が生じるのかを勉強するの、面白いと思わない。

友達の中には行政や法律、古典文学や芸術等を選んだりしている人もいたけど、あたしにはそんなの関心ないの、あたしの選んだ教室は、先生がとても素敵なの、少しおしゃれで、美人なの、しかもあたしの名前、ユウコって覚えてくれていたの、感激だったわ、あたし、しっかり勉強する、これからが楽しみだわ、それではね」

優子

四月十六日

追伸

「お兄ちゃん、あたし驚いているの、なにに驚いているか分かる、実はね、今度の新入生に五十三歳のおばさんがいたの、そのおばさんには娘さんが二人いて、どちらもこの大学を卒業しているの、娘二人を卒業させたから、今度は自分の番だって言うの、あたしたちのように系列の高校からだと、比較的受験も有利だけれども、一般から受験で入学しているのよ、あたしその方、尊敬しちゃうわ、だから無事卒業したら、親娘で、先輩後輩の関係が逆転するのよねぇ、そのことを書こうと思っていたのに忘れちゃっていた」

「春も終わるころになって手袋送るなんて、お兄ちゃん、笑ったでしょ。実はね、手袋は去年の年の暮れころから編み始めたの、でもね、途中で寸法が分からなくなって、しばらく休んでいたの、そこで思いついてお父さんの手の大きさで寸法を測ったの、そしたらお父さんね、自分のかと思ってしまったのよ。それで仕方なく最初のはお父さんに上げてしまったの、でも二度目に作った手袋の方ができ具合が良かったから、これケガの功名ね、少し遅くなったけど、今年の冬には間に合うわね、それをあたしと思って、だいじに、そして可愛がってちょうだいね。

このころなにかしら、胸がワクワクするの、なぜかしら、もうすぐあたしの季節だからかしら、それもあると思う。でもそればっかりでもないみたい、自分のしたいことが見つかったからかもしれない。それにこうしてお手紙書いていると、お兄ちゃんがすぐ側にいるような感覚になるの、逢うと、もっと嬉しいけど、こうしてお手紙書いていても楽しいのよ。それにもう一つ、なにかしら自分に自信がわいてきたの、これお兄ちゃんの励ましが大きく影響しているのよ。それに五十三歳で入学したおばさんにも触発されて、あたし頑張るわ、それではまたね」

優子

五月十日

「お兄ちゃん、あたし大変な衝撃を受けているの、どんな衝撃か分かる、とても信じられないような大きな衝撃なのよ。それは、あのね、あたしの一番仲の良かった友達のことなのよ、彼女、それが原因で大学を中途で辞めることになったのよ。あたし大学に入学してすぐ茶道部に入ったでしょう、そこで知り合った友達なの、色白でほっそりして首が長く、着物がとても似合う上品な人なの、家庭も良くて二人姉妹の姉の方なのだけれども、あたし家にも時々遊びに行っていたの、大きなお屋敷に住んでいるの、退学の理由は何だと思う。実はね、彼女、妊娠していたの、彼女のお父さんは、結婚は認めるから、中絶しろと迫ったんだけれども、中絶はカトリックでは大罪でしょ、相手の男性は建築科の大学生だけれども、大学を中途で辞めて彼女と結婚し、働きながら勉強を続けると言うの、でも親としては世間体もあるし、これが世間に知れない内に始末して、大学を卒業してから結婚するように説得したんだけれども、彼女はそれを聞き入れないで、子どもを産むことを決意したの、彼女に好きな男性がいることは知っていたけど、それまで進んでいるとは、あたしも思ってもいなかったの、衝撃だわ、お互いに愛し合い、信頼し合っているからなのよねぇ。素敵じゃない、頼もしいわ、彼女、とても静かだけれども芯が強いのよねぇ、また一緒に勉強できると思って喜んでいたのに、それが少し残念だけれども、彼女、仕合わせになってくれるといいなって思っているの」

優子

六月三日

「もうすぐ夏休み、今年の夏休みは、沼津から来ている友達の家に、同じ教室の友達五人と遊びに行くことになっていたの、そのお家には船があり、釣りをしたり、洋上パーティをしたりする計画になっていたの、そしたらね、昨年までアルバイトしていたデパートから、今年も来ないかと誘いがかかったの、そのデパートに別の友達が問い合わせしたときは、今年は要らないからと断られていたのよ。それであたしも今年はアルバイトをしないことに決めていたの、そしたらね、昨日、君が来てくれたら、職場が明るくなってみんなも元気づくから、来て欲しいって連絡があったの、あたしホントはトンマばっかりやってたから、あたしこそ一番に断られるものと思っていたのに、先方から要請があるなんて思いもしてなかったのよ。嬉しいことだけれども、友達が断られて、あたしだけが行くのは、断られた友達を裏切るようで悪いの、どうしたものかと悩んでいるの、あたしホントは沼津の友達のお家に行く方を選びたいんだけれども、お兄ちゃんだったらどちらを選ぶ」

優子

七月五日

「お兄ちゃんのいう通りにして良かったわ。とても有意義に過ごせたわ。めったにできない経験もできたの、十日間だったけれども、あっという間に過ぎた感じ、最初は遊びだけで出かけたんだけれども、釣りはあまり好きでなかったし、遊びは二日もすれば飽きてしまうでしょ、何したと思う、それから……。それはね、海岸に散らかっているゴミの収集をしている人たちに出会ったの、その人たち、なんのためにゴミの収集をしていたと思う。実はね、その人たち、大学の先生と学生さんなの、男女十人くらいの集団で海岸に漂着したゴミを収集して、これらの漂着物がどこから流れ着いたか調べているの、それによって海流がどのように流れているのか、何日くらいかかるのかが分かるんだって、その先生ね、あたしにどこの大学の学生さんだねと、尋ねられたから、あたしたちの女学院大学の名前をいったの、そしたら偶然にもあたしたちの教室の教授をよくご存じだったの、つい意気投合してしまって……、その人たち、海に関するいろいろなことを調べている、つまり海洋研究班だったの、その夜、先生から招待があって、みんな海の家に集まったの、そしてお菓子を食べたり、お酒を飲んだりしながら雑談したんだけれども、面白い話がたくさん聞けたわ。漂着物の中には椰子の実や、これまで見たこともない珍しい木の実もあったりして、よく観察すると、これまで気づかなかったことが、いろいろ分かるのね、もう五十路の男性の先生だけれども、威張らず、気取らず素朴な方で、海は一つ、世界中の人のものだから、大切にしなければね、とおっしゃるの、魅力的な方だったわ、師に似て、学生さんたちもみんないい人たちだったわ。海開きに備えて、先生も一緒になって海岸の清掃をするの、奉仕精神はあたしたちの本旨とするところ、一緒にさせてもらったわ」

七月三十一日

優子

「あたしね、名前が黒ちゃんに変わったの、海から帰ったら、デパートから手伝いに来て欲しいって連絡があってたの、それで顔を出したらデパートのおじさん、いきなりあたしを黒ちゃん、なんて呼ぶのよ、日焼けして真っ黒になってたものだから、あたし明るいところで鏡見て吹き出してしまったわ。歯だけが白くて外はホントに真っ黒だもの、お父さんまでが、女のくせしてなんだその顔は、と言ったわ、それから二週間、デパートでアルバイトしたんだけれども、あたしずっとみんなから黒ちゃんって呼ばれたの、お兄ちゃんも、あたしの顔見たらキットそれがふさわしい呼び方だと思うわよ。だってどっこも真っ黒だもの、女は色白の方がいいわ、でも全然気にならないの、秋になったら次第と取れんるんだもの、今年の夏休みも、お兄ちゃんには逢えなかったけれども、あたしは充実した夏休みだったわ、一生懸命に遊び、一生懸命に働くことができたんだものね、あとは期末試験に向けて勉強するだけ、今のあたし、充実感で一杯なの」

八月二十六日

優子

「お兄ちゃん、お母さんもとても喜んでいるの、久し振りの里帰りでおじいちゃん、おばあちゃんにもお会いできたし、お父さんの出張がなかったら、お母さんも行かなかったと思うの、お陰で安心してお兄ちゃんにもお逢いできたわ、帰りもお母さんと一緒だったし、寂しくもなくて、ホントはあたし、もう少し残りたかったんだけれども、お母さんが一緒に帰ろうというものだから、それが少し残念、でもいい思い出がまた増えたわ、そのなかでも、お兄ちゃんと二人だけで、裏山の雑木林に登ったでしょ、栗拾いに、そしたらアケビが手の届かないところにいくつも下がってて、あたし、手を伸ばして摘もうとしたら、お兄ちゃんが、いきなり後ろからあたしを抱きしめて、肩車にしたでしょ、スカートがめくれてしまい、あたしのパンパンの太股《ふともも》が根本から露出して、外の人が見たら驚いたでしょうね、それよりお兄ちゃんの方が驚いたんじゃない、あまりの脚の大きさに、それに男性の方からあそこを直にさわられたの、あたし初めてだったのよ、なにか不思議な感覚だったわ、それにあたし子どものころのことを思い出したの、お兄ちゃんによく肩車してもらってたわよねぇ、あたしお転婆だったから、それが嬉しくて、あの日も、ホントはもっと長く肩車のままでいたかったのよ。でも子どものころと違って、あたし重くなっているでしょ、それにちょっぴり恥ずかしかったから、すぐ降りたの、それからお兄ちゃん、あのとき、アケビがあるところの下には、必ず松茸があるはずだと言ってたわね。それで赤松林にしか生えないはずの松茸が、なぜアケビがあったら、その下に松茸が生えるのか、念のために大学の植物専門の先生に聞いてみたの、そしたら男の先生だけれども、あたしの顔見てゲラゲラ笑うばかりで教えてくれないの、でもあとで分かったわ、どどいつの一節だったのね、あたし恥ずかしいやら、おかしいやら、でもうまく表現しているわねぇ、あたしも想像しちゃったわ、今思い返してもおかしいの、一人でクスクス笑ちゃうの、だってお兄ちゃん真面目な顔して、ちょっぴり面白いこというんだもの、ホントはね、あのときもっとゆっくり一緒にいたかったのよ……だって誰もいない雑木林の中で、せっかく二人だけになれたんだもの、そしてお兄ちゃんの肩の大きいのにも驚きだったわ、とても頼しく感じたわ」

優子

十月二十二日

「あたしたちね、今年の夏、沼津の海で一緒になった大学の先生から招待されて、懇親会に参加したの、クリスマスというか、忘年会というか、お菓子を食べながら、そしてお酒も少しだけ飲みながら、先生を中心に他愛のない雑談をするの、学校が休みになってすぐだったの、屋外で自然を対象に研究している人達って、みんな生き生きしているのよね、いろんな実体験を話してくれるの、とても興味深い面白い話しがたくさんあるの、でもあたしたちは、いつも机上だけの勉強でしょう、変化に乏しいの、あたし、どちらかというと屋外向きなの、あのように海に行ったり、山に行ったりの勉強の方が好きなのよね、机に向かっているときはもちろん、家の中にいても、心はいつも山や野原に向いているのよ。その日にね、先生、外の人には聞こえないように、あたしにそっと近づいて《君は顔もそうだが、性格もとても可愛いね、息子のお嫁さんにしたいくらいだ》とおっしゃるのよ。あたし、嬉しいやら恥ずかしいやら、そしてね、それだけならいいんだけれども、続けてね、あたしの教室の教授を通じて、お願いに行く、なんておっしゃるのよ。でも結婚はあくまでも本人同士の意志でしょ、相性や好みもあり、いくら親が気に入っても、本人同士が気に入らないと、どうにもならないことだものね、あたしね、その話、聞き流しにしようかと思ったの、でもよ、もしもよ、それが具体化したら、困るじゃない、だからあたし、ここははっきりしておくべきだと思い言ったの、なんて言ったと思う、実はね、あたしには心に決めている人がいるって、そしたらね先生、《それは残念だった、君はいい奥さんになれるよ》ですって、でもね、お兄ちゃん、気にしないでね、あれはお酒が少し入っていたから、先生もつい口が滑ったと思うの、それにあたしにはお兄ちゃん以外の男性なんて、入る隙間なんて少しもないんだから、これホントよ」

優子

十二月三十日

追伸

「今年もあと一日、来年も夢のあるいい年にしましょうね」

「あたしってホントにトンマなのよね、なぜか分かる、実はね、お兄ちゃんに年末、お手紙書いたでしょ、あの日、家にはお母さんもいなかったの、お手紙書いて近くのポストに投函したのはよかったんだけれども、家のカギを手紙と一緒に持ってたものだから、カギが引っ掛かってポストの中に落ちてしまったの、家にも帰れないし、あたし困ってしまったわ、松本だったら、いちいちカギなんか掛ける必要もないから、こんな問題も起こらないんだけれども、ここではそうも行かないのよね、すぐ郵便局に行ったんだけれども、その日の郵便物回収は済んでいるから、翌日の朝まで待たなくてはいけないって言うのよ。上着もつけず軽装で、しかも財布も何も持たずに家を出たから、どこにも行けないの、あの日、粉雪が舞って、とても寒かったでしょ、あたし中学校から私立の中学に入ったから、近所には仲のいい友達もいないの、だから寄るところもないのよね、それにすぐ帰るつもりだったから、暖房もつけたままなの、困ってしまったわ、それからどうしたと思う。

実はね、家の裏側に松ノ木があるの、その松ノ木は屋根の上まで伸びているの、あたしお転婆だから、松ノ木に登るの平気なの、それで松ノ木を伝って屋根に上がり、最悪の場合は二階の出窓を壊して中に入ろうとしたの、幸いカギはかかっていなかったけど、出窓は狭いし高いのよねぇ、スカートをすれすれまでめくっても足が届かないの、こんなの想像しちゃいやよ、でもどうしたと思う、それから、実はね、敷居の内側をしっかり握り、頭を先に入れて、やっとのことで逆さまに転がり込んだの、もうこりごりだわ、こんなの、でもお転婆ってこんなとき役立つわね、それから翌日の、つまり元旦の朝ね、ぐっしょり濡れたあたしの靴が、松ノ木の下にあるのをお母さんが見つけたの、あたし家に入られたことで安心し、すっかり忘れてしまっていたのね、その靴、古いけどあたし気に入ってたの、残念だわ、あたしってどこまでトンマなのかしら、でも今年からしっかりするから」

優子

一月三日

「あたし親元から大学に通っているでしょ、だから生活費のことなど、全然気にしなくてもいいのよね。でも地方から出て来た人の中には、家庭もそれほど裕福でない人もいたりして、生活費の一部をアルバイトで賄わなければならない人もいるの、あたしなんかアルバイトでいただいたお金、使うこともないからそのままだけれども、それを思うと、あたしなにか罰が当たりそうな気がして不安なの、これでいいのかしら、お兄ちゃんの意見も聞かせて」

優子

三月八日

「人には、それぞれに宿命ってものがあるのよねぇ。あたしはここの家に生まれ、そして育ち、経済的には一応不自由なく過ごせたわ、でも生まれもってそうでない人もたくさんいるのよねぇ、経済的に豊かだから、それだけで必ずしも仕合わせとは限らないわ、貧乏だからって、それだけで不幸でもないのよね、そんな中で人はそれぞれに自分の道を自分で見つけ、克服して行くことこそが、つまり人生なのよね、昨日よりも今日、そして今日よりも明日と、目標に向かうことに意義があるのよね、あたしね、いろんな人と交わりながら、漠然とした不安が頭から離れなかったの、でも頭の中のモヤモヤが消えて、なにかすっきりした気分になったわ。お兄ちゃんありがとう、やっぱりあたしにはお兄ちゃんが必要なのよね。それからお兄ちゃんが、いつも言うように、あたしたちの周囲にいる多くの人たちによって、あたしたちの生活が支えられていることを忘れないようにするわ」

優子

三月三十一日

「いよいよ学生生活も最後の学年を迎えることになったの、なにか嬉しいような、惜しいような、このままでいたいような、複雑な心境なの、必修科目は、三年生までに殆ど取得したから、これからは専門科目だけだから、授業も少なく、毎日大学に通わなくてもいいの、その分、余暇が増えたんだけれども、その余暇、これからどう過ごそうかと、悩んでいるの。忙しいときは、あれもしたい、これもしたいと、いろいろ考えてたんだけれども、いざ暇になると何も手につかないの、人間って不思議ね。これあたしだけかしら、でも有限の時間を有効に、かつ有意義に過ごすために、じっくり落ち着いて選択しようと考えているの、学生生活、最後の仕上げに、勇気凛々」

優子

四月十四日

追伸
「今年の夏休みはなんとか理由を作って松本に行くわ、待っててね」

「先日ね、大学を中途で辞めた友達に偶然、デパートで会ったの、赤ちゃんを抱いてたわ、女の子でね、それがとても可愛いの、こんな可愛い赤ちゃんだったら、あたしも早く欲しいな、なんて考えたの、彼女ね、大学辞めて、すぐ結婚したの、挙式もないままよ、でもね、とても仕合わせそうだったわ、彼、最初の約束通り、大学を辞めたけど、働きながら、夜間の大学で勉強続けているの、ご両親の援助も拒んで、勇気あるわよねぇ、あたしにはできないわ、でも愛し合ったらそれができるのよね、生活、苦しいけど、ご両親を納得させるまで、頑張るって言うのよ。立派だわ、人間にはいろいろとしがらみがあって、家族や近縁者から孤立して暮らすのは大変だものね、でもね、彼女は言うの、周囲の人に慈しみの心を忘れずに生活してたら、きっと両親も認めてくれるからって、そうだわよねぇ。彼女、あたしと同じ年だけれども、考えがしっかりしているのよね、あたしも見習わなければと思っているの」

優子

五月三日

「この前、広島に行く計画があることについて手紙で書いたように、あたしたち教室からみんなで広島の、原爆記念館を見学したの、あたしたち学生からの発案だったんだけれども、イギリス人の教授は被爆地に足を向けるのをなぜか嫌がるの、それで無理やりに連れて行ったのよ、そしたらね、戦争の悲惨な記録を目の当たりにして、教室の教授、とても大きな衝撃を受けたみたいなの、もちろんあたしたちも衝撃だったわ、こんな悲惨な姿は見たくないものね、でもあたしたちも、そうしたことがあった事実から、目をそむけてはいけないのよねぇ。そして戦争なんかない世の中になるといいわね、だってまた戦争があってよ、お兄ちゃんが戦地なんかに行かなければならないようなことになったら、あたしいやだわ、悲しいわ、あたしは悲惨な目には遇わなかったけれども、食べ物が少なくて、今でもそのときのこと思い出すわ。あたしの食いしん坊はその反動かも」

優子

六月五日

「お兄ちゃん、お電話がついたのね、これからはいつでも直に声が聞けるのよね、便利になったわね。でもね、あたしやっぱりお手紙の方がいいわ、電話で直に声が聞けるのも、もちろんいいわよ、でも電話だったらすぐ消えちゃうじゃない。お手紙だったら、後で何回も読み返しができるし、封筒を開くとき、なにか胸がワクワクするじゃない、あの感動はやっぱりお手紙でないと味あえないものよ。だから、あたし毎日郵便受けを見るの、ひょっとしたら取り残しがあるかもしれない、なんて想像しながら、友達からのお手紙も嬉しいわ、でも、やっぱりお兄ちゃんからのお手紙が一番よ。あたしね、お兄ちゃんのお手紙、一枚も失っていないわよ、全部大切にしまっているの、そしてね、ときどき取り出して読んでいるの、そのたびにお兄ちゃんとの、いろいろな思い出が甦ってくるの、何回読んでも飽きないの、あたしの宝物なの、これからもお電話でなくて、お手紙よ、あたしも書くのを楽しみにしているんだもの」

優子

六月三十日

「あたし、教師になるための授業実習で母校に行ったの、中学校の方なの、あたし先生になるつもりはないんだけれども、子どもが生まれて、中学生になったら、子どものことが少しは解るじゃない、そんなの無意味だ、教師になるつもりもないのに、教育課程をとるなんて不遜だ、なんていう人もいるわ。あたしそれはそれとして受け止めているの、でも実際に教壇に立と、中学生ってとても可愛いのよ。瞳をキラキラ輝かせながら、あたしの話を一生懸命に聞くのよ。あたしにもあんなに可愛い時代があったんだなぁって思っちゃったの、そしてとても楽しいの、あたし先生になってもいいな、なんて思ったわ、小学生だったらもっと楽しいだろうなって思ったの。でも授業実習だから、準備が大変なの、しっかりした計画がないと行き詰まってしまうの、そのことで今は頭が一杯なの、教師になる予定はないけど、でもあたし、もし、お兄ちゃんが、あたしをお嫁さんにしてくれなかったら、先生になろうかなァーなんて考えているの、ウッフフフ」

優子

七月十日

「あたしね、今年はアルバイトは止めて、いよいよ卒業論文の作成にとりかかろうと思っているの、ホントはもっと早くから取り掛からなくてはいけなかったんだけれども、テーマがなかなか決まらなかったの、理系の学生は選んだテーマを下に、実験したり、検証したり、理論的に組み立てて、正確な論理の下に、自分なりの論を展開させるんだけれども、文系の論文となると、何をテーマに選ぶかが漠然としているの、友達の中には、《チンドン屋について》などと、一見ふざけにみえるような題で、論文を書いている友達がいるの、それがふざけでもなく、遊びでもなく、とても面白いの、民族性や時代背景、そして経済の状況がなどから、必要とする要因を推論しているのね、あれだけのことを書くには、それまでに相当の読書をして、資料を自分のものとして消化していなければ、書けないと思うの、それに、あたし読書もあまりしていないし、文書力もないものだから、なかなか手がつかなかったの、でもね、あたし最近考えたの、何考えたか分かる、実はね、松本でのいろいろな思い出から、農村部と都市部での、それぞれの人と人との係わり合いや、生活実態の違いなどを比較しながら、理想とする人間社会の構築を考える、そんなことを書こうと思っているの、難しいと思うけど、あたしなりの思考で書き上げたいと思っているの、お兄ちゃんも応援してね」

優子

八月五日

「お兄ちゃん、ありがとう、お陰で卒業論文、もうほとんど書き上げたわよ、その代わり、松本から帰って、ずっと集中して書き続けているの、今回の松本行き、お父さんも、卒業論文を書く資料にするんだからと説得したら、案外すんなりと許してくれたのよ。一カ月も松本にいられたのも、中学一年生のとき以来九年振りだったわ。しかも今回は、目標があったから、新たな気持ちでいろいろなものに接することができて、とても有意義だったわ。改めて松本の良さを認識したわ、でもね、全く懸念がないでもないの、それはね、東京にはない地方特有の、古くから受け継がれている因習、いや陋習といえるかもしれない。そんなものがいまなお厳然と残っていること、もっとも都市部で形は違ってもそれはあると思うの、けれども都市部では、それらを打ち破ろうする、あるいは無視する力が強く働くため、厳然たる形としては見えなくなっているのね。でもね、農村部では、それが秩序を保つ要因ともいえる形で存在していることに、問題を感じちゃうの、言い替えれば、それは一部の人を犠牲にすることにより成り立っているのよね。社会差別という形で、でもそこには全く差別しなければならない根拠は何もないのに、厳然と存在していることに問題を感じるの。

けれども美しい水と空気、肥沃な土地、そして美しい自然、花だって絶えることがないわ、早春にはもう梅が花を咲かせ、チンチョウゲが匂い、コブシが彩りを添える、そしてサクラ、ハナカイドウ、ヤマブキ、モモ、ナシ、そしてツツジやサツキ、山にはシャクナゲ、ガクアジサイ、初夏に入っても、花の切れ間だってない、オニユリ、ウツギ、クチナシ、初秋にはヒガンバナ、ハギ、ヨメナ、リンドウ、そして更にムクゲ、サザンカ、キンモクセイも薫り、キキョウやオミナエシにも花がつく、花ばかりではないわ、黄色く色づいたミカン、それに柿、晩秋にはハゼの木葉が一斉に紅葉して、更なる彩りを添える自然の中で生活できるって、最高と思うわ。そしてお兄ちゃん覚えている、道路の端に真っ白い花がたくさん落ちていて、あまり美しいものだから、拾い集めて、小箱に入れて仕舞っていたの、そして後で開いて見たら、その花みんな朽ちてしまっているの、あたし悲しくなって、お兄ちゃんに泣きついたの、そしたらね、お兄ちゃんは、花が落ちて朽ちるのは、その花が花の役目を終えたから落ちて朽ちるんだから、花は少しも悲しくなんかないんだよ、と言ってくれたの、あたしそれでなにか安心して元気になったことがあるの、その花、今、思い返せばムクゲだったような気がするの、子どものころの記憶って、周囲のことは消えてぼんやりしているけれども、その部分だけが鮮明に刻み込まれているのよね。

今年の夏はお兄ちゃんと二人だけの誕生祝いもしてもらったし、思い残すことはないわ、でもね、お兄ちゃん、ごめんさいね、あたしね、結婚するまでは奇麗なまま残しておきたかったの、その方が感動があるでしょ、お詫びするわ、ホントよ、ホントに、でもね、ホントは許してしまっちゃおうかなぁ、とも考えたの、迷っていたの、でも怖かったの、覚悟ができていなかったの、でもホントは嬉しかったのよ、とっても、お兄ちゃんを疑っているわけではないのよ、これもホントよ、それよりあたしね、お兄ちゃんが怒って、もうあたしを相手にしてくれなくなったらどうしようと、その方がとても心配だったのよ。あのときね、あたし考えたの、なに考えたか分かる、実はね、子どもを身ごもって、このままここに居着いてしまおうかなァ……なんて、でもそのとき、ふっと思い出したの、子どもを身ごもって退学した友達のこと、それもいいかなぁなんて、でもそれはふしだらなことでしょ、だから、だからあたし、あのとき自分に我慢したの。

あの日もお星様がとても奇麗だったわ。涼風が頬をなでて通り過ぎて行く、そしてコオロギが鳴いてたわね。コオロギもお互いに求め合っていたのかしら、最後の夜って短いのよね。あたしの感覚では、一時間くらいしか、あの丘の上にいなかったような気がするのよ、なのに日付が替わっていたなんて、お兄ちゃんが帰りの時間を心配してくれたはずだわね、松本では家にカギなんか掛ける習慣がないでしょ、だから安心だったの、でもね、あたし、おじいちゃん、おばあちゃんに気づかれないように、家に入るのが大変だったの、音を立てないように靴を手に持って、裸足で帰ったのよ、スリル満点、最高に充実した夏休みだったわ。そして後少しで卒業だもの、もう少しの辛抱だわ、それまで、お兄ちゃん、待っててね、今、午後の十一時、お休みなさい」

優子

十一月四日

追伸

「もう少しで、お兄ちゃんのところへ行けるかと思うと、夜も眠れないくらい嬉しいの、希望が一杯といった感じ、いろんなことを想像しちゃうの、お米を作って、野菜も作って、世の中の人のために尽くせるなんて、あたし、最高の仕事だと思うわ。あたし指輪とか、首飾りなんか少しも欲しくないの、それよりお兄ちゃんと、希望に向かって一歩ずつ一歩ずつ進むこと、それ以外に望みはないの、それでは再度、お休みなさい、チュ……」

「お兄ちゃん、驚いちゃだめよ、あたしの気持ちは少しも変わっちゃいないんだから、あのね、実はね、あたし、見合いをしたの、あたしの意志じゃないのよ、お父さんが、先日、お客さんを連れて来たの、普通、お客さんがお見えになったら、一応挨拶をして、お茶くらいは出すわよ。でも親戚とか、共通の知り合い以外の人だったら、同席することはないの、二階の自分がいつもいる部屋に閉じこもっているの、今は論文の仕上げもしているでしょ、でもね、その日は同席するように言われたの、お客さんはお父さんの職場の三十歳くらいの男性と、そのご両親、それにもう一人、年配の男性だったの、お茶を飲んで、お食事も一緒にしたわ、お酒も少しだけ、それがお見合いだったの、突然だったの、あたしには一言も知らされないままだったの、あたし、おしゃべり女でしょ、でもね、そのときは怖くて一言も口を利くことさえできなかったの、後でお父さんが、どうだと言うのよ。あたしはっきり嫌だと言ったわ、だって今のあたし、お兄ちゃん以外の男性なんかが入り込む余地は少しもないんだから、お父さんだって、あたしがお兄ちゃんと手紙で交際していること、お母さんから聞いて、知っていると思うのよ。それなのに、それなのに、それからね、四、五日して、年配の男性だけが一人で現れたの、そして先方からも、この話を進めて欲しい旨の要請があったと言うの、お父さんもお母さんも、良さそうな人だからと言って、この話を進めようとするの、でもあたし絶対、嫌だわ、お兄ちゃん、あたしの心を信じてね。あたしこの話、無視してお兄ちゃんにも伝えまいかとも思ったんだけど、他からお兄ちゃんの耳に入って、お兄ちゃんが気分を悪くしてはいけないと思って、手紙にしたの、ホントよ、あたし、お兄ちゃん以外の人のお嫁さんになるなんて考えたことないんだから」

十一月二十日

「お兄ちゃん、あたしね、変な予感がするの、お兄ちゃんからの今までのお手紙、お母さんに見られても、別に悪いこと書いてないからいいんだけれども、これからが心配なの、あたしこんなことホントはしたくないの、でもね、これからのお手紙ね、大学の教室の方に届けてくれない、なんだかあたしの行動を探られているみたいで不安なの、場所は別紙のところ、そこだったら安心、確実に届くから、お願いね」

優子

十一月二十五日

「あたしの意志を無視して、あの話が進んでいるの、それであたし、はっきり言ったのよ。お兄ちゃんのお嫁さんになることしか考えてないって、そしたらいろいろ言われたわ、お兄ちゃん、気分を壊さないでね、あたしをお兄ちゃんのお嫁さんにしてくれるわよねぇ。疑っているわけではないのよ、でも不安なの、干渉されて動きが取れなくなりそうで、だって結婚は当人同士の意志が一番大事でしょ。親がいくら気に入っても、当人同士がその気にならないと、成立しないわよねぇ。それにあたし、相手の男性がどんな性格かも分からないのに、もしもよ、いい人であってもあたしは嫌なの、学歴とか、家柄とか、職業とか、人はいろいろ言うけど、あたしはいつかも言ったように、相性が一番だと思うわ、結婚って、人間、一生に一度しかないものなのに、それなのに相性も分からないでクジ引きみたいな結婚なんかできないわ、お互いに相性の合う二人が、力を合わせるところに仕合わせはあるものよねぇ。経済は二人の努力で、後からついて来ると思うのよ。だからあたしの決心、少しも変わってはいないのだから、お兄ちゃん、あたしを信じてね」

優子

十二月五日

「お兄ちゃん、怒っているの、そんなことないわよねぇ、あたしを信じているわよねぇ。あたし毎日、教室に通って、お兄ちゃんのお手紙、来るの、待ってるのよ、一日千秋の思いで、でも今日もなかったわ。なにかお兄ちゃんの方にも異変があったの、だったら教えて、あたし怖いの、不安なの、お願い」

優子

十二月十五日

「兄ちゃん、本当にごめんなさい。あたしの家からお兄ちゃんの方に、何かの手が回ったのね、予期した通りだわ、そうでしょ、気配で分かったの、どんな話がお兄ちゃんの方に行っているのか教えて、お願いだから、あたしお兄ちゃんだけが頼りなの、ホントよ、誰が何を言っても信じないでね、あたし、はっきりお断りしているのだから、このまま話が進んだりしたら大変だわ、お兄ちゃんはあたしを好きだって言ってくれたわよねぇ。あたしも決してそのこと忘れてないわ、ずっとずっとお兄ちゃんのことしか頭になかったんだから、今になって、そうでないなんて言われたら、あたし困るわ、ホントよ、あたし泣いちゃうわ」

優子

十二月二十日

「お兄ちゃん、どうしているの、明日から大学も御用納めで、完全に休みになるのに、お手紙くれなかったわね、あたし悲しいわ。今度教室が開くのは明けて七日なの、それまでの十日間、あたしどう過ごせばいいの、夜も眠れないでいるのよ、食欲もないわ、食いしん坊のあたしに、でも我慢するわ、七日には教室に行くから、それまでには必ずお手紙ちょうだいね、そしてあたしを信じてね、お願いよ」

優子

十二月三十日

「お兄ちゃん、お年賀状ありがとう、でもなにも書いてなかったわね、家の方だったから、なにも書けなかったのね。後二日したら、教室も開くから、あたし行って見るわ、正月にね、相手のご両親と本人が来たのよ。でも面と向かって、あたしには決めた人がいるなんて言えないでしょ、あたし困ったわ、苦しかったわ、そしてね、映画にでも行かないかって誘われたけど、あたし風邪引いて具合が悪いってウソついて断ったのよ。あたし、両親にも、結婚する気がないから、早くこの話はなかったことにして、と言っているんだけれども、子どものようなこと言うな、その内に分かるって言うのよ。だから場合によってはあたし家を出る覚悟もできているの、それはお兄ちゃん次第なの、お兄ちゃんだけをあたし、信じているわ」

優子

一月五日

「お兄ちゃん、お手紙、ありがとう。でもあたし、悲しい。お兄ちゃんがそんな気持ちだったなんて思うと、あたしね、ミミズやモグラ、それに毛虫だって少しも怖くなんかないわ、それはお兄ちゃんも知ってたと思うけど、それに農家の仕事も全然嫌いではないわ。面白かったわ、そりゃぁ、ちょっと手伝うのと、職業として取り組むのとでは違うと思うけれども、あたしにはとても興味深い仕事だったわ。それに汗を流した後の爽快感だって、ほかでは味わえないことだわ。あたしは嫌なの、お母さんみたいに、ただお父さんに仕えるだけのような生活なんて、女でも自主的に判断して、能動的に生きて行きたいと思うわ。それから、あたしお兄ちゃんが心配しているような、都会のお嬢さん育ちなんかではないわ。それに夏は暑いだけ、冬は寒いだけで、塵埃渦巻き、騒音けたたましいだけでなんの風情もない都市での生活って、あたしには耐えられないの、暑くても、寒くても、自然と向き合える松本の生活があたしには向いているの、小川があり丘陵があり、林があり、森があり、空があり、野山が目の前に広がっている、小鳥たちが生き生きと飛んでいるのも素敵だわ、それに四季を通して花の絶え間がなく、自然の恵みの中で、自然とともに生きるのが、人間の本来の姿だったはずだわ。お兄ちゃんは、都会だけの生活しか知らないあたしが、農村での生活に耐えられるだろうかと懸念しているけれども、あたし体力だったら、誰にも負けないわ、でもそれ以上にあたしは松本が好きなの、お兄ちゃんが好きなの、あたしの記憶は松本から始まってるの、北海道も少しだけ見てきたわ、軽井沢や富士五湖、沼津も少しだけのぞいたわ、でもお兄ちゃんがいないと、あたし、つまんないの、ずっとお兄ちゃんだけを心に仕舞ってきたのだから……、お兄ちゃんはあたしの家から、何をどのように言い含められたかについては、全然手紙には触れられてなかったけれども、教えてちょうだい、あたし知りたいの、お兄ちゃんにどんなことが伝わっているのか、多分失礼なことが伝わっていると思うの、ごめんなさい、謝るわ、両親からは、話はついているからとしか教えてもらってないの」

優子

一月十一日

「今、雪が降ってるわ、松本も降っているかしら、お兄ちゃん、覚えている、あたし、今もはっきり覚えているわ、雪の積もった日、お兄ちゃんが作ったソリを使って、丘の上から勢いよく滑り降りて遊んでくれたこと。あたし、最初は怖かったけど、お兄ちゃんの膝に挟まれていたから安心して乗っていられたわ。とても爽快だったわ。今、考えると、年はお兄ちゃんと一歳半しか違わないのに、あのころ、お兄ちゃんがとても大きく、逞しく、頼もしく感じられたわ。それにお父様の戦死の公報が入ったとき、外の人はみんな泣いているのに、お兄ちゃんだけは歯を食い縛って悲しみに耐えていたの覚えているわ。あたしには耐えられないことだわ、それにお兄ちゃんは勉強家で、物知りで、あのころから、あたし、お兄ちゃんを信頼し、そして尊敬していたと思うのよ。それは今も変わらないわ、芳坊や辰雄君に、あたし、よく苛められてたわ、でもいつもお兄ちゃんが守ってくれてたわ、成人してから、たまに芳坊や辰雄君に会うと、今は落ち着いて普通の対話をするけれども、そんな記憶って、子ども心にも鮮明に残っているものなの、もちろん恨みなんて薄れてしまって、今は少しもないけど、時にふっと蘇るの、殊に食べ物の面で、物が少ない時代だったから、でもお兄ちゃんだけはいつも優しかった」

優子

一月二十日

「それはウソだと思う、お兄ちゃんは松本の家に気遣いして、そんな風に言っているけれども、ホントの内容は、お兄ちゃんにとって衝撃的で致命的な打撃を与えるようなことだったと思うわ。お兄ちゃんの意志なんかでは決してないことは分かってるわ。だって昨年秋までは、あんなに優しく、仲良くしてくれてたじゃない。そして田舎での農家の作業は生易しくないこと、きつく、汚く、苦しく、経済的にも恵まれた環境なんかではないことも、何回も聞かされてたわ。そしてあたしのお母さんの実家は元庄屋で、お兄ちゃんのお家はその松本家の小作人だったことも知っているわよ。でも無から出発するのが、お兄ちゃんの生き甲斐ではなかった。仕合わせは結果ではなく、その道程にあるっていつもお兄ちゃん言ってたわねぇ。あたしもそれに賛同したわ。それって、元地主への義理、気遣い、そんなものは陋習というものよ。極度に先鋭化された弱肉強食、権利思考のみが先行した都市部での有り様も、あたしは好きではないわ。でも農村部に於ける昔から残る仕来りや因習も、一部の人たちを犠牲にして、一塊の人たちの優越感を満足させ、それを認めさせ、認めることで、田舎での平和は維持されていたことは、今回の卒業論文作成のための資料取材で認識したけど、それを打ち砕くことが、これからの田舎での課題だったことも知ったわ。でもあたしにはそんなこと何でもないことだわ、あたしには未来しかないもの、誰がなんと言おうとも、あたし平気だわ。元小作人であろうと、松本家の使用人だったからって、そんなの問題ではないわ。それにあたし、誰とでも仲良くできるから、それから、お兄ちゃんのお手紙に、親の愛は無償でかつ無限だから、その恩に報いるためにも親の希望通りにした方がいいって書いてあったけど、それは違うと思うの、それは親の浅はかな打算でしかないと思うの、それから家柄とか、生まれ、氏素姓、血筋などと、そんな言葉も耳にしているわ。それは見栄とか、世間体とかを重視した自己満足でしかないと思うの、生まれた時から、人間の尊卑なんてありゃしないわ。そんなこと意識し、仕来りのように考えるのが、あたしは陋習と思うの、もちろん愛娘の安泰は、親の悲願でもあることはあたしにも理解できるわ。でも人間にはそれぞれに個性があり、価値感も、たとえ親と子でも違うものよ。あたしこの縁談は両親を説得して断るわ、絶対に、でも時間がないの、あたし、今、崖っぷちに追い詰められているような心境なの、救ってくれるのはお兄ちゃんだけなの、あたし毎日泣いているのよ。あたし、お兄ちゃんとだったら、どんな苦しいことでも我慢できるし、いつまでも仲良くできる自信あるわ、あたしを信じて」

優子

一月三十一日

「お兄ちゃん、どうしているの、話はあたしの知らない所でどんどん進められているの、こうなったらあたし、もう家を逃げ出すしかないの、卒業まで後わずか、なんとか卒業まで我慢しようと思ったんだけれども、あたしもう限界、大学なんて卒業しなくてもいいわ。家、飛び出すわ」

優子

二月十一日

渇望の果てに

「優子は大学を卒業した四月には、式を挙げる段取りになっているんだ。修作にも一切の係わりをしないように強く伝えていたはずだが、まだ文通が続いているようだ。これでは縁談にも差し障り兼ねない。お前たちの行状は恩を仇《あだ》で返すようなものだ」

松本家の当主、理蔵が修作の母親トメに、二度目の呼び出しをしたのは明けて正月の四日だった。使用人部屋に呼びつけられたトメは、オロオロしながら、

「それはもう、ごもっともでございます、恩を決して忘れているわけではありません。修作にもよくよく言い含めております」と恐縮するばかりである。

「お前たちには言う必要もないことだが、相手は義弟と同じ、司法関係の前途有望な青年だ」

「それはそれは、なによりでございます、おめでとうございます」

トメは慇懃にお祝いの言葉を添えた。

「お前のところの修作も中学、高校と常に首席を通した優秀な御仁じゃが、縁談ばかりは、それだけでは可とは行かない」

「十分承知いたしております」

「牛糞《ウシンクソ》にも段々があるように、人間にも段々がある。釣り合いというもんじゃ」

修作の父親、伝作はそのまた父親である傳平を日露戦争で失い、更に母親も病気で亡くし、就学前に既に身寄りのない孤児となっていた。そのため当時松本村の村長の地位にあった優子の祖父、理太郎が哀れに思い、伝作を家に引き取り、家族の一員として、高等小学校を終えさせていた。

当時、松本家は旧松本村はもちろん、その所有地は近辺三村に及ぶほどの大地主だった。そのため年貢の取立て外、農作業等、常時二十人以上の使用人を抱えていたが、それでも人手はいくらあっても余ることはなかった。

そういう状況で修作の父親、伝作も学校を終えて後、多くいる使用人の一人として松本家に仕えていた。

修作の父親、伝作は真面目でかつ努力家で、その働きぶりは当時の松本家の当主理太郎も認めるところとなっていた。

そのように伝作は松本家からの信頼も厚く、使用人として働きながら、小作地も与えられるまでになっていた。

そのように三十数年が経過して、伝作、三十六歳の時に、当時子守兼家事手伝いとして住み込みで働いていたトメを理太郎は伝作と娶わせたのである。

伝作はそうした恩義の下に、事あるごとに如何なることがあっても、松本家に背くようなことがあってはならないと修作にも厳しく言い含めていたのだ。

そのように修作一家はこれまで、旧地主松本家の使用人として働き、かたわら小作人としての恩義の下に、ひたすら地主への忠誠心を貫き通すことで、村での生活の安泰を図って来たのだ。

その父親を戦場に送り出し、そして失った後も、父、伝作の言いつけを守ることが修作親子の生きる術であったのだ。

修作の父、伝作は松本家の後継当主理蔵より十歳は年長であったが、理蔵は《伝作、伝作》と呼び捨てにしていた。修作もそれに対し、いささかの違和感さえ持っていなかった。

また母子家庭となった修作親子の、生活に対する地主としての配慮は、それなりに続けられていた。それが奇しくも戦後の農地改革という形で、田畑は修作親子のものとなったのだ。

修作は無償ではないが安価な対価で入手した田畑に対する、旧地主松本家への気遣いが、更なる桎梏となり、心理的にも自縛状態に陥っていた。

そうした心境の下に、松本家からの有無を言わせない要請、いや威圧を感じさせる申し出を拒絶するわけには行かなかった。それに逆らうことは不義、不忠、裏切り、いや、謀反、大罪のように考えていた。

そうした如何なる情況を考慮しても、修作は優子を失いたくはなかった。そうした恩・義・忠の狭間で呻吟し、修作の心は揺れ動いた。

手紙で知らせていたように、優子が家を飛び出して修作の許に来たのは、二月半ば、梅林は梅の薫りに満ちていた。

如月の夕暮れにしては生暖かく、温気を含んだ柔らかな風が、頬を優しくなでて通り過ぎていた。

「お兄ちゃん……、人間、生きるって悲しいことなのねぇ」

優子は今を盛りの梅の木の下に小さくうずくまり、背中を震わせながら、やるせなくむせび泣いていたが、やがて立ち上がり、曇った声でぽつりと呟くように言った。

「……」

「お兄ちゃんが、あたしをお嫁さんにしてくれるって言ってくれたのも、ここだったわ、覚えている？ちょうど九年前、あたし、あのときのこと鮮明に覚えているのよ。あの日はとても寒い日だったわ、でもあたしの胸は熱く燃えていたわ。胸ばかりじゃない、頬も背中も、全身が火照っていたわ。興奮していたのかしら、嬉しくて……」

「黙って来たとね、家の人に」

「うん……」

優子は一瞬、頬にえくぼを浮かべてコックリと頷いた。襞のある大柄の格子模様のスカートに、白いトックリセーターという軽装の優子は、ひとしきり泣いた後、瞼を腫らしながらも、これまでの切羽詰まった苦悩の表情ではなく、むしろ悟りを得た人のような風情さえあった。

たそがれ時の残光が梅花に反射し、白いセーターの優子の顔に映えて、これまでになく美しく感ぜられた。

「……」

「お兄ちゃんに、もう一度逢いたくて……そして逢ったら、お兄ちゃんも心を動かしてくれるかもしれないと思って来たの、でも、でも、お兄ちゃんの顔見たら、あたし、なにも言えなくなったの、それにあたしの言うことは、お兄ちゃんを、ただ苦しめることでしかなかったことが、あたしにも分かったの、ごめんなさい」

えくぼの出るふくよかな優子の頬も、昨年夏に比べ、明らかにこけ落ちて、苦悩の色が滲み出ていた。

「……」

「ここに来るまで、あたしの心は張り裂けるほどに緊張してたわ、でもお兄ちゃん、もういいのよ、苦しまなくても、あたし、元気に生きるわ、心配しないで」

「ばって優ちゃん、家出して来たんやろ、ぼくとの約束を信じて」

「うん、でも、お兄ちゃん、分かってるわ、あたし、もういいのよ、無理しなくて、ありがとう、お兄ちゃんの心、あたし信じてるわ、これからも、ずっと、ずっと」

「……」

「でもね、あたし、もしも我慢できなくなったら、また家を飛び出して来るわ、ホントよ、その時、お兄ちゃん、あたしを救ってくれる」

「うん」

今が救えなくて、どうして救えよう。けれど、修作はそうなったときは、総ての桎梏からも解き放たれ、惑わず優子が得られそうに思えたのである。

「あたしね、生まれたときから、お兄ちゃんが好きだったような気がするの、ホントよ、だって、どこにいても、どこに行っても、いつも心のなかにお兄ちゃんがいたんだもの、そしていつもあたしを見守ってくれていたように感じていたの、それがあたしの励みになっていたの、それにお兄ちゃんは、あたしを誰よりも守ってくれていたことも、子ども心に感じていたわ。それであたしも満足、でも人間って誰もがそうだけれども、自分の思い通りにはいかないことも分かったの」

「……」

「だからこれまでのあたし、ホントに仕合わせだったわ、ずっと、ずっと夢を追いかけることができたんですもの、いい思い出だわ、これもお兄ちゃんのお陰よ」

確かに修作の視線はいつも優子に向けられていた。そしてそれが修作自身の励みでもあったのだ。

「……」

「これまでの、あたしとのこと、楽しかった」

「うん、とても楽しかった」

「なにが一番の思い出」

「ここで初めて……」

「あたしもよ、数多いなかで、あたしもそうなのよ、あたし、まだ中学一年生だったわ、今思えば幼かったんだけれども、本当にそう思ってたの、一生忘れないわ」

「ぼくも」

「ホントよ、ホントに忘れないでね」

「うん、忘れん」

「でも、お兄ちゃんは、寂しくない、悲しくない」

「優ちゃんは……」

「そりゃぁ、辛くて悲しいわよ、でもお兄ちゃんの心、あたしも心の中に大切にしまっとくわ、だからもう、あたしも泣かないわ、あたしが泣くと、お兄ちゃんを苦しめるばかりだから、もう泣かない、心配しないで」

「……」

「ねッ、お兄ちゃん、あたし、もう泣かないと約束するから、あたしを抱きしめて、これまでの人生、身も心も、いや心だけは充足してたわ、でもまだ空白の部分が残っているの、それ、なんだと思う」

「……」

「それはね、心身の身の方なの、身がまだ空白のままなの、このままでは、あたし……悔いを残しそうなの」

「ホントにいい、元気に、やって行ける」

「分からないわ、でもね、あたし、もう決心したの、泣いてお兄ちゃんをこれ以上に苦しめたくないの、だからもうなにも心配しなくていいのよ」

「ホントに」

「うん、あたし、もう大丈夫よ、どうにかなるわ」

修作は自分の不甲斐なさを恥じて言葉がなかった。

二人は立ったまま言葉もなく見つめ合っていたが、やがて優子は修作に歩み寄り、両手を肩に回し、背伸びしながら、頬をそっと近づけた。それに応えるべく、修作も緩慢な動作で、細くくびれた優子の腰を引き寄せた。

静寂な梅林に一陣の生暖かい風が通り過ぎた。

「ねッ、お願いだから力一杯抱きしめて、あたし自身にも区切りをつけたいの、悔いを残したくないの、いいのよ、ねッ、あたし、いいのよ」

「……」

「心の準備はもうしっかりできてるわ、来る時の汽車の中でしっかり決めたの」

優子はそれを態度で示すかのように、靴を脱ぎ、素足で芝生の上に立った。

「……」

もともと田も畑もなにもなかったのだ。それ以上失うものはない。恩がなんだ、義がなんだ、不忠であってもいい。家も田圃も年老いた母も、総てを捨て去り、優子を奪って逃げ去りたい衝動に駆られた。けれども考える余裕さえ与えないような、早いことの展開に、どのように対処すべきかの、冷静な判断をする心のゆとりが修作にはなかった。

「ねッ、お願い」

修作は言われるままに、両腕で優子の上体を包み込むようにして、しっかりと抱きしめた。

「もっと、もっと強く、もっと強く抱きしめて」

優子の荒い息遣いとともに、鼓動が胸の二つの膨らみを通して伝わってくる。

二人は立ったまま、お互いの鼓動を確かめ合うように寄り添っていたが、やがて優子は支えを修作に委ねて、ゆっくりと素枯れた芝生の上に崩れた。

肩に回されていた優子の両手は、一旦ゆるめられたが、芝生の上で仰向けとなった優子の円らな瞳が、強い視線を帯びて修作に向けられていた。それは総てを委ねる明らかな意思表示であった。

修作は優子の頭を左肘で支え、ゆっくりと口づけをすべく顔を近づけた。

息をも殺した静寂の中で、揉み合う布擦れの音でさえも耳には届かなかった。ただ高揚した鼓動だけが、水中で聞く音のように明瞭に伝わっていた。

乱れたスカートの裾から、露わになった優子の白い脚が、暗がりの中で仄見えた。優子は目を閉じたまま、まだ残る女性としての恥じらいなのか、その乱れをつくろいながらも、片や、一瞬たりとも修作の口づけを離そうとはしなかった。

やがて優子は口づけを離して目を開き、抱きしめたまま促すように上体を左右に揺すった。

張りのある滑らかな肌も、意識では待ち受けながら緊張感で硬直し、拒否しているかの如く、なかなかほぐれるようとはしなかった。蜜を宿した蕾はまだ固さがとれず、ミツバチを招き入れるまでには至ってはいなかった。

けれども、内に秘めたる熱い思いが、それを迎えるべく、蕾を薄紅《うすくれない》に染めながらゆっくりと押し開こうとしていた。

修作は優子の後頭部を左腕で支え、片方の手で汗の滲んだ額の後れ毛を、優しくなであげた。そして両方の肘で優子の上半身を固定するように、強く抱きしめた。それに呼応して優子は薄目を開き、ゆっくりとおとがいを引いてうなずいた。

全身の神経が一点に集中されてしばし、一瞬、身をよじった優子の表情が唇を噛んで歪んだ。刹那、一輪の梅花が散って舞った。

感動の涙、否、決別の涙か、閉じた瞼から溢れる涙が、こめかみを濡らした。

背中に回された優子の両腕は、岩をも砕くほどに更なる力が加えられ、生きて化石になるが如く、離れることを全身が拒んでいた。

あの日から三十五年、三十五年の歳月は長かった。いや、アッという間の三十五年だったかもしれない。

松本家では厳しい箝口令が引かれ、その後の優子の様子については、一切、語られることはなかった。

けれども時の経過とともに、漏れ伝わる優子にまつわる噂の数々、それらは、

《自らの命を断とうとしたが、危ういところで未遂となった》
《結婚して八カ月足らずで女児を出産した。女児は月足らずながら、大きくて元気だったが、産婦は産後の肥立ちが悪くて他界した。けれども生まれた女児は祖父母の手によって育てられている》
《結婚はしたが、気が振れて隔離された》
《妻亡きあと、夫は再婚して、別に所帯をもった》
《再婚し、新たに夫となった人と仕合わせに暮らしている》
等々、時に耳を塞ぎ、時に全身を耳にし、木葉が風で擦れ合う音にさえ、あたかも優子の噂をしているかのように、耳をそばだてたりした。
こうした噂はいずれも断片的に耳にした話の、継ぎ合わせでしかなく、確かなものではなかった。
そしてこれらはまさしく風の噂をもとに、修作自らが想像した虚構、あるいは空想から創り出された幻想であったかもしれない。それとも優子とは全く関係のない人の噂であったかもしれない。
だが修作は心の隅で、明るく元気な優子の姿が、再び目の前に現れることを渇望し続けていた。けれども優子が二度と修作の前に姿を見せることはなかった。
そして優子についての明確な消息も掴めないまま、否、知ろうとすれば、あるいは知り得たかもしれない。けれども噂の一つが、もしも事実であったとき、修作にはそれを受け入れる勇気さえなく、ひたすら逃避し続けていたのかもしれない。

そうした不安、焦燥、あるいは心の隅にある渇望の三十五年の歳月は、優子の言う因習、いや陋習に抗い切れなかった勇気、決断力、行動力を欠いた自身への自嘲と後悔、自責の歳月であったかもしれない。

その苦悩の日々は修作の頭髪をも白髪に変えた。けれども経ってみれば一瞬でしかなかったようにも思える。

そうした時を経て、時代も昭和から平成へと移り、大きく動いていた。

松本家は村の地名となっている通り、名主として、あるいは庄屋として、十数代続いたとされている。

その松本家の次代を継いだ次男辰雄は、農地改革で失った資産を回復し、隆盛を極めた往時のようなお家再興を夢見て、大量の資本を投入し、色々な事業に取り組んだが、そのいずれにも失敗し、徐々に徐々に資産を減らして、ついには倒産していた。

担保となっていた門構えの家屋敷も、競売に懸けられたが、あまりにも豪壮な屋敷だったため落札者もないまま草茫々のまま放置され、やがて朽ち果てて取り壊された。

次男辰雄は、整理がついて落ち着いたら、すぐに引き取りに来るからという約束で、菩提寺である専護寺に、先祖の位牌を預けたが、十数年経た今日なおそのままになっていた。更に当時、古くなったお寺を、新しく建て替えるための建設資金寄付を募ったとき、辰雄の己が見栄から最高額を申し出ていたが、取り敢えず資金の都合もあるとの理由で、修作に建て替えさせていたが、それも今日なお支払われないままとなっていた。

それでも修作は優子への一縷の望みを捨て去ることなく、泥に這いつくばるように働き、優子を受け入れるべく経済安定と村での地位向上に努めたのだ。

けれどもそれとは裏腹に、優子と繋がりの深い松本家が、目の前から消えたことで、優子に関する情報を得る術さえも潰《つい》えたのだ。

修作は日一日として消えることのなかった優子の面影を、思慮の欠けた頭で陶然と思い描いていたが、やがて少女の前にゆっくりと歩み寄り、手折った紅梅の一枝を、おしゃれに結んだ少女の頭に差し、両手で頬を優しく包み込んだ。

それはあたかも期せずして初孫に巡り会えたときの、好々爺のような風情を感じさせていた。

完

著者　本松秀茂

あとがき

本著書は二〇〇六年から、おおよそ十年の間に「穴生文芸」及び「周炎」ほか諸雑誌に掲載した散文のうち、原稿がパソコン内に残っていたものを拾い集め、再編集したものです。

素《もと》より私は文学・文藝とは全く無縁の事務屋でしかなく、自ら文学の勉強などしたこともなければ、指導を受けたこともありません。そのように文学に無縁な私が、自らの思いを意のままに綴《つづ》ったものがこの文集です。それ故に何人《なにびと》からも評価されたものでもありません。

私を評して「恥知らずに恥かかず」の典型と言われますが、いずれに致しましても恥多き人生、無知でかつ無恥の蛮勇と嘲笑されそうですが、自身それを甘んじてお受けしようと思います。

出版に当たり表紙絵は元数学教師の森貞子氏に依頼しました。当初固辞されておりましたが、再度お願いし素晴らしい作品を描いて頂きました。私の念願がかなった思いです。

私の拙い文章で、この絵の品位を汚さなければいいがと念じております。

著者　本松秀茂

二〇二〇年七月一日

本松秀茂

1937年福岡県宮若市生まれ

福岡県北九州市在住

「初子と共に」で第23回コスモス文学賞

著書「晩鐘」初子と過ごした幾歳月

「甚五」少年の日より22世紀アート（電子出版）

（図書出版）

薄春《はくしゅん》の記《き》（他短編数編）

2020年7月1日　初版

著　者・・・・・・　本松秀茂

発行者・・・・・・　田尻伸一

発行元・・・・・・　イリジャット
〒803－0811 福岡県北九州市小倉北区大門２－７－７

発売元・・・・・・　櫻の森通信社
〒802－0066 福岡県北九州市小倉北区萩崎町９－38
TEL　093－967－7058

印刷・製本・・・・　瞬報社写真印刷株式会社

ISBN978－4－9905053－9－4
定価はカバーに表示してあります。
落丁、乱丁本は送料弊社負担にてお取り替えいたします。